KB127765

복수의

의

길

강준현 장편 소설

FUSION FANTASTIC STORY

도서출판 청어람

복수의 길 6

강준현 장편 소설

초판 1쇄 찍은 날 § 2014년 7월 3일
초판 1쇄 펴낸 날 § 2014년 7월 10일

지은이 § 강준현
펴낸이 § 서경석

편집부장 § 권태완
편집책임 § 이효남

펴낸곳 § 도서출판 청어람
등록번호 § 제387-1999-000006호
등록일자 § 1999. 5. 31
어람번호 § 제1-1883호

주소 § 경기도 부천시 원미구 부일로 483번길 40 서경B/D 3F (우) 420-822
전화 § 032-656-4452 팩스 § 032-656-4453
http://www.chungeoram.com
E-mail § chungeorambook@daum.net

ISBN 979-11-316-9093-2 04810
ISBN 978-89-251-3658-5 (세트)

강준현 장편 소설

FUSION FANTASTIC STORY

복수의 길

6

도서출판 청어람

복수의 길

CONTENTS

1장

클라이맥스를 향하여

　감추려고 해도 감춰지지 않는 비밀이 있을진대 일부러 소문을 냈으니 오죽하랴.

　동진푸드를 누군가가 적대적 인수 합병한다는 소문이 증권가에 퍼지면서 동진푸드 주식은 일주일 만에 15%로 이상 가격이 뛰었다.

　그러나 실거래 물량은 거의 없었다.

　개인투자자들이 내놓은 극소량의 주식은 나오자마자 어디론가 사라져 버렸다.

　동진푸드 회장실.

　'회장 신진수'라고 적힌 팻말이 무색하게 책상에는 안영미가 앉아 보고를 받고 있었다.

"조사 결과가… 모른다?"

"…죄송합니다, 이사님."

"1년에 수백억의 예산을 쓰는 비서실에서 모른다는 말이 쉽게 나오는군요."

"드릴 말씀이 없습니다."

"상대가 은밀히 진행했으니 짧은 시간 알아내지 못한 건 이해하겠어요. 하지만 일이 발생하기 전 징후마저도 눈치채지 못했다는 건 책임져야 할 거예요."

"달게 받겠습니다."

"그래야죠. 하지만 이번 일이 마무리 될 때까지는 끝까지 책임을 다해 주세요."

"감사합니다. 최대한 빨리 누구인지 알아내겠습니다."

안영미는 이성적인 여자였다.

지금 비서실장을 좌천시키는 것은 오히려 적을 돕는 것이리라.

"그리고 수호를 데려와야겠어요."

"수호 도련님을요?"

"그 애에게 재산을 상속하는 과정에서 주식의 상당수가 '푸른 식품' 이름으로 되어 있어요."

"그건 알고 있습니다만…….."

"요즘도… 상태가 좋지 않나요?"

안영미는 착참한 목소리로 물었다.

미국에 가 있는 신수호에 대해 일거수일투족 모두를 보고 받던 그녀였다.

신수호는 술이 없으면 잠을 잘 수 없을 정도로 정신적으로 망가진 상태라는 걸 알고 많은 걱정을 했었다.

하지만 최근엔 의사와 경호원들만 붙여두고 특별한 일이 있으면 보고를 받지 않았다.

그녀가 버틸 수 없었기 때문이다.

"차츰 좋아지고 있습니다. 술도 많이 줄이셨고요. 한데 수면제가 없으면 잠을 못잡다고……."

"한국으로 데리고 오세요. 이번에 들어오면 아예 병원에 입원을 시키든지 해야겠어요."

"알겠습니다."

"그럼, 나가들 보세요."

"예!"

"휴우~"

비서실 사람들이 나가자 안영미는 머리를 감싸 쥐곤 한숨을 내쉰다.

누군가가 적대적인 인수 합병을 한다고 해서가 아니었다.

경영권을 지킬 만큼 충분한 주식을 보유하고 있었다.

"박무찬……!"

아들인 신수호의 트라우마 같은 존재.

아들이 괴로워할 때, 몇 번이고 요즘 대한민국에 유행처럼 번진 청부살인의 유혹을 느꼈었다.

신수호를 들어오게 결정을 하고 나니 그가 가장 마음에 걸렸다.

"수호에게 신경 쓸 겨를이 없게 만들면 되겠지. 다시 한 번 앞에서 얼쩡거린다면 그땐 정말……."

박무찬에 대한 생각을 정리하고 나니 한결 기분이 나아진다.

비서실 직원들을 혼내느라 차갑게 식은 차를 마시며 이번엔 소문에 대해 생각해 본다.

"믿는 구석이라도 있는 건가?"

혼잣말을 하며 여러 가지 각도로 분석해 봐도 적대적 인수합병은 어림없는 짓이었다.

"모르겠어. 정말 이해할 수 없어."

또한 회사의 기획실, 정책연구실, 비서실, 심지어 외부의 경제연구소까지 이구동성으로 불가능하다고 말하는 일이었다.

그저 소문에 기대 주식차익을 노리는 자들일 가능성이 높다는 것이 대다수의 의견이었다.

"휴우~!"

다시 한 번 길게 한숨을 쉰 안영미는 결론이 나질 않는 생각을 멈추기로 했다.

외국에 출장 나간 남편을 대신해 처리해야 할 일이 한두 가지가 아니었다.

"국세청 차장과 통화연결 부탁해요."

—알겠습니다!

인터폰으로 명령한지 채 2분도 되지 않아 원하던 이와 통화를 한다.

"차장님, 요즘에도 잘 지내시죠?"

—허허허! 물론입니다. 여사님도 잘 지내시죠?

"덕분에요."

어느 정도 일상적인 대화를 주고받던 안영미는 본론을 꺼냈다.

"차장님께 부탁이 있어 전화를 드렸어요."

—말씀하시지요.

"다름이 아니라……."

한참을 뭔가를 얘기하는 두 사람.

"…그럼, 잘 부탁드리겠어요."

—허허허! 걱정 마십시오, 여사님. 몇 개월간은 다른 곳엔 신경 쓸 틈도 없을 겁니다.

"제가 바빠 나가진 못하지만 저녁에 식사할 곳을 예약해둘 테니 맛있게 드세요."

—허허허! 사양하지 않겠습니다.

기분 좋게 통화를 마친 안영미는 아까보다 한결 나아진 얼굴로 책상 한켠에 놓인 결재서류를 살피기 시작한다.

＊　　　＊　　　＊

첫눈 치고는 꽤 많이 내렸다.

하지만 현관에서 대문까지 나가는 길만 치워둔 집과는 달리 약속이 있어 거리로 나왔을 땐 눈이 왔는지조차 의심스럽게 싹 치워져 있어 기괴함마저 느껴졌다.

약속장소는 금세 도착을 했다.

작은 건물조차 수백억이 넘어가는 강남 한복판에 서 있는 거대한 빌딩.

정진그룹 본사였다.

단정한 정장차림의 사람들 속을 평상복차림으로 들어가니 많은 시선이 느껴졌지만 개의치 않고 안내원을 향해 말했다.

"회장님과 약속이 있어 왔습니다."

"네?"

믿어지지 않았던 걸까?

여직원의 눈이 날 아래위로 훑는 느낌이 들었고 경비원들이 슬며시 내 행동을 주시한다.

"박무찬입니다. 확인해 보시죠."

"아! 네…….."

당당한 태도 때문인지 재빨리 모니터를 확인한 직원은 황

급히 고개를 숙인다.

"죄, 죄송합니다! 확인 되셨어요. 저기 있는 전용 엘리베이터를 타시면 됩니다."

"감사합니다."

놀란 표정이 역력한 데스크 직원의 얼굴을 뒤로 하고 그녀가 알려준 엘리베이터를 탔다.

"자네였군."

엘리베이터 문이 열리자 노찬성 회장의 경호실장이 떡하니 서 있었다.

"잘 지내셨습니까?"

"나야 항상 그렇지. 한데 자네는 예전보다 더 강해진 것 같군."

"그렇습니까?"

그의 말이 크게 와 닿지 않았다.

수련은 꾸준히 하고 있었지만 비교할 만한 무엇이 없기 때문인지 내 수준이 어느 정도인지 파악할 방법이 없었다.

"그래, 문득문득 흘러나오는 자네의 기운에 내가 놀라 뛰쳐나올 정도니 말이야."

"번거롭게 해드려 죄송합니다."

"자네가 미안해 할 필요까진 없지. 다만⋯ 아가씨를 위해서라도 심마를 먼저 다스리게."

"알겠습니다."

방법을 안다면 나 역시 그렇게 하고 싶다.

"회장님께서 기다리시는데 내가 너무 오래 붙잡고 있었군. 들어가 보게."

경호실장에게 인사를 하고 비서실을 지나 노찬성 회장의 집무실로 들어갔다.

노찬성 회장과 노강윤 사장, 그리고 변호사로 보이는 노년의 사내가 소파에 앉아 얘기를 나누고 있었다.

"안녕들 하셨습니까?"

"어서 오게."

"어서 와. 이쪽으로 앉아."

인사를 하고 노강윤이 권하는 곳에 앉았다.

"해윤이에게 듣자 하니 요즘 세무조사 때문에 바쁘다던데, 귀찮게 부른 건 아닌지 모르겠군."

"어느 정도 해결되어 이젠 괜찮습니다."

"그렇다면 다행이군. 내가 알아보니 동진 쪽에서 힘을 쓴 것 같더군."

"그랬으리라 짐작했습니다."

"도움이 필요하면 말하게."

"말씀만이라도 감사합니다. 한데 거의 해결이 되어가고 있습니다."

내 재산을 관리하는 송 변호사님, 삼촌은 고지식한 사람이었다.

아버지 때부터, 심지어 내가 없을 때도 절세와 탈세를 명확하게 구분해 세금을 꼬박꼬박 낸 것이다.

그러니 아무리 박스째로 서류를 가져간들 소용이 없었다.

다만 끈덕지게 굴어 조금 귀찮을 뿐이었다.

"그렇다니 다행이군."

22별장에서 만난 이후로 이렇다 할 말이 없던 노찬성 회장에게서 만나자는 전화가 온 것이다.

해윤이 일로 보자는 것인가 싶었는데 테이블 위의 서류를 얼핏 보니 다른 일 때문인 듯 보였다.

"정리할 것이 있어 불렀네. 자네가 지금 하고 있는 일이 끝나면 그 자리를 강윤이에게 맡길 생각이라고 들었네."

"예."

"그래서 주주총회가 있기 전에 그 문제를 확실히 해뒀으면 해서… 불렀네."

큰 노력 없이 한 기업을 먹으려고 하니 조금은 미안한 모양이다.

노찬성 회장의 말에 약간의 주저함이 엿보인다.

이미 약속을 했었고, 공짜로 넘기도 아니었기에 기분 좋게 말했다.

"잘됐습니다. 그렇지 않아도 저도 그 문제로 찾아뵈려 했거든요."

"그런가?"

"예."

"그렇게 말해주니 편하게 얘기하지. 자네가 가진 주식 전부를 사고 싶네. 경영권을 가지게 된다면 산 금액의 1.5배. 설령 실패한다고 해도 제 값을 쳐주겠네."

"그러시죠."

난 생각을 할 필요도 없이 답했다.

노강윤과 약속한 일이었고, 중국을 가기 전 어차피 처리해야 할 주식이었다.

"그럼 그에 대한 서류는 여기 있는 이 변호사가 처리하는 걸로 하지."

"예."

"참! 주식은 얼마나 가지고 있나?"

"15% 조금 넘을 겁니다."

"15%라… 우량은행의 12%와 강윤이가 가진 4%를 합치면 31%밖에 되질 않는군."

"대리 임명장을 받은 것이 8%쯤 됩니다."

"그렇다면 39%인가? 동진푸드가 가진 주식이 우호지분까지 합친다면 50%가 넘는 걸로 알고 있는데 경영권을 뺏을 수 있겠나?"

"우호지분이 모두 저들에게 간다는 보장은 없으니까요?"

"방법이 있다는 말이군. 그렇지 않나?"

"……."

더 이상의 말은 아꼈다.

신수호에게 건 최면이 그날 효과가 있을지는 나 역시 장담할 수 없는 일이었다.

"나 역시 성공보다는 실패를 염두에 두고 하는 일이니 상관없겠지. 여기 있는 이 변호사가 서류처리는 다 해줄 걸세."

"실패한다면 굳이 주식을 매입하지 않으셔도 됩니다."

"괜찮네. 주식을 확보해 두면 기회는 언제든 있을 수 있으니까."

하긴 누가 누굴 걱정하는가.

노찬성 회장은 절대 손해 볼 일에 손을 델 사람이 아니었다.

현재 내가 주식 증서를 가지고 있는 것이 아니었기에 간단한 약속증서로 계약을 대신한다.

"그럼, 전 이만 일어나겠습니다."

"고생했네. 이 변호사."

계약서에 약측 도장이 찍히자 이 변호사는 서류를 챙긴 후 노찬성 회장에게 인사를 하고 밖으로 나간다.

"해윤이와는 잘 지내나?"

일이 잘 끝나서 일까, 노찬성 회장은 아까보다 한결 부드러워진 목소리로 물어온다.

"요즘 일 때문에 좀 소홀했습니다만 잘 지내고 있습니다."

"하하하! 사내가 일할 때면 그럴 수 있지."

"허험! 넌 며늘애에게 잘 해주거라."

"……."

내 말에 노강윤이 괜스레 내 편을 들어주다 가볍게 핀잔을 듣곤 입을 다문다.

"그 애가 말은 안하지만 요즘 좀 외로워 보이던데 잘 대해주게."

"이번 일이 끝나면… 모든 것이 원래대로 돌아갈 겁니다."

"그렇다니 다행이군. 하지만 나와의 약속을 잊지 말게나."

"잘 기억하고 있습니다."

해윤이와 사귀게 된 날 노찬성 회장과 한 약속은 아주 잘 기억하고 있다.

크리스텔처럼 조심히 다루다 돌려주기로…….

한데 그날이 가까이 다가왔다 생각하니 웬지 가슴이 욱신거린다.

복수의 시간이 다가올수록 그날도 빠르게 다가오고 있었다.

*   *   *

"하하하하! 마셔! 오늘 술값은 내가 쏜다."

우퍼 스피커가 터질 듯이 소음을 토해내고, 현란한 조명들이 담배 연기를 뚫고 반쯤 벗고 흐느적거리는 사람들을 비추는 클럽의 한 테이블.

과거와 달리 상당히 말라 보이는 신수호는 완전히 초점을 잃은 눈으로 연신 건배를 외치며 술을 들이켜고 있었다.

"으~웅!"

"하악!"

술을 마시던 테이블의 남녀는 침대라도 되는 듯 서로를 탐닉하며 비릿한 신음을 토해낸다.

신수호 또한 옆에 앉은 여성의 가슴을 주물럭거리며 키스를 하지만 얼굴엔 쾌감보다는 고통이 차오른다.

"…크윽!"

깨질 듯한 두통과 함께 밀려드는 고통에 신음 소리와 함께 여자에게서 떨어지는 신수호.

"수호? 왜 그래?"

"아, 아무것도 아냐!"

술을 연속해서 마셔 보지만 고통은 전혀 줄어들지 않았다.

신수호는 자리에서 일어나 화장실로 뛰어간다.

"우에에웩~~!"

변기를 붙잡고 오늘 마셨던 술을 토해내지만 고통은 갈수록 심해진다.

"으… 으윽!"

지저분한 화장실 바닥에 쪼그려 앉아 머리를 감싸며 고통을 이겨 보려하지만 뼈를 칼로 깎는 듯한 고통에 신음이 절로 나왔다.

"이… 빌어먹을 새끼! 제, 제발 이 고통을 없애줘! 으아악! 제발……."

신수호는 박무찬과 옥상에서 있었던 일은 기억에 나지 않았다.

하지만 그 이후로 시시때때로 찾아오는 고통에 힘겨워하며 박무찬이 자신에게 뭔 짓을 했다는 걸 알 수 있었다.

처음엔 술을 마시면 고통을 어느 정도 잊는 듯했다.

그러나 다음 찾아온 고통은 더 많은 술을 필요로 했고, 그 다음은 더 많은 술을 요구했다.

결국 대마초에, 신종마약까지 손을 댔지만 고통을 잊는 건 그때뿐이었다.

'화장실에서 죽음이라니…….'

고통이 너무 심해 죽음이 생각날 정도였는데 그 와중에도 화장실에서 죽기는 싫었다.

"…련님. 수호 도련님! 괜찮으십니까?"

고통에 정신이 아득해질 때, 항상 잔소리를 하던 경호원의 목소리에 정신을 차린다.

짜증나던 목소리가 이때만큼은 반가웠다.

"지, 지……."

집으로 가자고 말하고 싶었지만 말조차 쉽게 나오지 않는다.

한데 경호원은 금세 자신의 의도를 알아차리고 말한다.

"알겠습니다. 집으로 모시겠습니다."

몸이 허공으로 떠오르는 걸 느끼며 신수호는 결국 고통에 정신을 잃었다.

끝나지 않을 것 같던 고통은 의외의 말에 씻은 듯이 사라졌다.

"사모님께서 한국으로 들어오시랍니다."

"…무, 무슨 일로?"

"임시 주주총회가 열릴 예정이랍니다."

"임시 주총이? 왜 갑자기……?"

두근!

질문은 했지만 해답을 알고 있다는 듯 가슴은 뛰기 시작한다.

"누군가 경영권을 노린다는 얘기는 들었습니다만 저도 자세히는 모르겠습니다."

"……."

"자세한 건 한국에 가서서 사모님께 들으셔야 할 것 같습니다."

불현듯 떠오르는 기억.

'…고통은 사라질 거야. 그저 한 가지 부탁만 들어주면 돼.'

악마의 속삭임.

고통은 없지만 고통을 느낄 때보다 더 두렵고 떨려왔다.

"가, 갈 수 없어!"

"꼭 모셔오라고 말하셨습니다."

"안 가! 아니, 못 가!"

"강제로라도 데려오라고 하셨습니다. 그리고 저흰… 그 명령을 따를 수밖에 없습니다."

"미친! 내가 가게 되면… 크악! 아~~악!"

자신이 가게 되면 오히려 일을 망치게 되니 위임장을 써주겠노라 말하려 했다.

하지만 어떤 정신적 억압이, 육체적 고통이 말하는 걸 막는다.

"도, 도련님, 괜찮으십니까?"

"나, 난 하, 한국에 가면… 아아아아악!"

뇌는 고통을 느낄 수 없다고 했는데 칼로 자르는 듯한 고통이 밀려왔다.

그 후로도 얘기를 꺼내려 할 때마다 고통은 더욱 배가 되어 나타났고 결국 신수호는 정신을 잃고 만다.

"이를 어쩌지?"

기절한 신수호를 소파에 눕힌 경호원 중 한 명이 동료에게 물었다.

"어쩌긴, 데려가야지."

"이렇게 완강히 버티는데 가능할까?"

"우리 고용주가 누구인지 잊지 말라고. 어찌 되었든 우리는 고용주의 명령만 들으면 되는 거야."

냉정하게 말하는 다른 경호원 또한 말만 그럴 뿐이지 신수호를 보며 딱한 눈빛을 보내긴 마찬가지였다.

신수호를 안타깝게 보던 두 사람의 대화는 계속되었다.

"그나저나 무슨 일이 있었기에 사람이 이렇게 망가진 건지 궁금해."

"마약 때문이겠지."

"아냐. 내가 꽤 오랫동안 모셔왔는데 마약은 고통을 잊기 위한 방편이었지 이유는 아냐."

"그래? 병원에서도 아무 이상 없다고 했다면서?"

"스트레스로 인한 정신적 장애라는 애매모호한 결과만 나왔지."

"쉽게 말해 이거라는 거야?"

손가락을 관자놀이 부근에서 빙빙 돌린다.

그러자 말을 꺼냈던 경호원이 인상을 쓰며 나무라듯 외친다.

"행동 조심해! 그런 게 아냐!"

"아니면 아닌 거지 왜 나한테 화를 내? 그리고 우리한테 중

요한 건 그게 아니잖아. 어떻게 한국으로 데려갈까를 고민할
때라고."

　"그야 그렇지……."

　"그럼 그에 대해 얘기나 하자고."

　두 경호원은 신수호를 어떻게 데려갈 지에 대해 얘기를 시
작한다.

2장

주주총회

　소액주주들의 요청에 의해 열리게 된 동진푸드 임시 주주
총회 날.
　표면상으로 소액주주들의 권익을 보장할 이사선임을 목적
으로 열리는 주주총회였지만 그렇게 생각하는 이는 거의 없
었다.
　주주총회가 열리는 컨벤션 센터의 입구는 많은 사람들로
북적이고 있었다.
　특히, 기자들이 입구부근에 진을 치고 있어서 더욱 소란스
럽게 느껴진다.
　"안 들어갈 거야?"

도착을 한 지 10분이 넘게 창만 바라보고 있자 운전석에 앉아 있던 봉구 형이 묻는다.

"왜? 막상 복수를 하려니 모든 게 허망해졌냐?"

"전혀!"

복수의 시간이 왔다는 사실에 가슴이 두근거릴 정도로 기뻤다.

"하긴, 넌 그런 놈이 아니지."

"요즘 수련도 점잖게 하고, 우니랑 데이트하는 것도 놔두니까 마냥 행복하죠?"

"무, 무슨… 그냥 복수의 날이 되어서 기쁘겠다 싶어 축하하려고 한 소리였어!"

눈이나 똑바로 보고 거짓말을 할 것이지.

어쨌든 좋은 날이니까 참기로 한다.

"그건 그렇고 신수호를 공항에 데리고 갈 준비는 다 됐죠?"

"응. 어제 물곰―불곰을 봉구 형은 이렇게 불렀다―이 이곳 지하주차장에 대포차 갖다놨대."

"비행기타는 것까지 확인하세요."

"걱정 마. 공항까지만 보내면 그쪽에서 알아서 하기로 했으니까. 그리고 섬에 도착하면 사진까지 보내주기로 했으니까 느긋하게 기다려."

"수고 좀 해주세요."

"수고는 뭐……. 복수나 잘하고 와라."

"그러죠."

준비는 이미 오래전에 끝났다.

다만 신수호와의 악연이 끝나는 날이라 생각하니 마음이 진정되질 않아 도착했음에도 바로 내리지 않았던 것이다.

차에서 내리자 일순 사람들의 시선이 나에게로 향했지만 곧 별 볼 일 없다고 생각했는지 일제히 다른 곳으로 향한다.

한 사람만을 제외하곤 말이다.

"오랜만이다."

"별로 반갑지 않은 얼굴이군요."

"하하하! 좋아하리라고는 생각하지 않았지만 너무 냉대하는 거 아닌가?"

짙은 갈색의 점퍼와 바지를 입고 불량스럽게 다가오는 인물은 뜻밖에 사람이었다.

"따뜻하게 맞이할 사이도 아니죠. 김철수 형사님"

"핫핫핫! 그런가?"

능글거리는 말투, 자신감 넘치는 웃음, 맨 처음 봤을 때의 날카로운 눈빛.

특수 수사본부가 해체될 때 절망하던 그때의 그와는 완전히 달라져 있었다.

그렇다는 것은 나에 대해 뭔가를 알아냈다는 의미.

"잠깐 얘기 좀 할 수 있을까?"

'뭘 알아낸 거지?'

내가 실수 한 것이 있나 곰곰이 생각해 보지만 딱히 떠오르는 것이 없었다.

그래서 거절을 했다.

"그럴 시간이 없습니다."

"주주총회가 시작되려면 아직 30분 정도 남은 것 같은데……?"

뭔가를 알고 지껄이는 건가?

"신수호에게 복수하는 것을 방해할 생각은 없네. M&A가 법적으로 문제가 없으니까 말이야."

"……!"

"이제 시간이 좀 남나?"

김철수 형사는 확실히 나에 대해 많은 것을 알아낸 것이 틀림없어 보인다.

물론 그렇다고 달라지는 건 없지만 말이다.

"그럼, 10분 정도만 얘기하도록 하죠."

"그 정도면 충분할 거야."

우리는 자리를 옮겨 사람이 한적한 건물 뒤쪽의 벤치에 앉았다.

그리고 내가 먼저 입을 열었다.

"할 말 있으시면 하시죠?"

"박무찬… 아니, 위준! 너에 대한 모든 것을 알았다!"

"……."

마치 어린 시절 즐겨보던 만화에 나오는 꼬맹이 탐정처럼 호기롭게 외치는 김철수 형사.

하지만 그에 반응할 만큼 어리석진 않았다.

"저에 대해서는 원래부터 잘 알고 계시지 않았나요? 할 말이 그뿐이라면 실망스럽군요."

"그래. 그렇게 나와야 위준답지."

"한데 왜 절 위준이라 부르는지 모르겠군요."

"그건 자네가 위준이기 때문이지. 왜 위준이라는 이름이 생소하나?"

"아주 모르는 이름은 아니죠. 뒷골목에서 꽤나 유명한 이름이라곤 하더군요."

"순순히 말하리라곤 생각하지 않았어. 하지만 자네가 그 이름으로 불린다는 걸 알아냈어."

진 사장? 불곰? 하루?

아니다.

그들은 나와 엮여 있어 김철수 형사에게 나불댈 이유가 없었다.

그렇다면…….

"그 이름을 사용한 적이 있죠. 클럽이나 모르는 사람들에겐 본명보단 가명을 사용했으니까요. 위준이라는 이름도 사용한 적이 있을 겁니다."

"……."

내 말에 말문이 막힌 사람은 오히려 김철수 형사였다.

"더 이상 할 말이 없다면 전 이만……."

"네 실종사건의 범인은 신수호지!"

벤치에서 일어나려고 하자 김철수는 빠르게 외치며 내 발을 붙잡는다.

"신수호는 이다혜를 좋아했어. 그런데 그녀와 사귀는 눈에 가시 같은 존재가 있었지. 바로 박무찬, 너! 그래서 신수호는 홍산그룹의 뒤처리를 해주던 정찬구에게 널 처리해 달라고 부탁하게 돼."

"……."

"정찬구는 직접 처리하지 않고 중국 조직에게 하청을 주게 되고, 넌 그들에 의해 납치가 되었지. 한데 납치되어 죽은 줄 알았던 넌 살아남아 한국으로 다시 돌아온 거야. 그리고 신수호가 범인이라는 걸 알게 되지."

김철수는 작은 실마리와 추리만으로 사실에 근접하고 있었다.

그렇다고 순순히 인정할 수는 없는 일.

"훗! 요즘 소설책을 너무 많이 본 거 아닙니까?"

"비아냥거리지 말고 계속 들어. 신수호뿐만 아니라 정찬구와 중국인들이 납치와 연관되어 있다는 걸 알게 돼. 그래서 복수를 시작하지. 일련된 사건들은 그렇게 일어난 일이야. 그리고……."

"더 듣기가 거북하군요. 말은 그럴싸하지만 결국 그때와 마찬가지로 날 범인으로 모는 것으로 밖에 보이지 않습니다."

"네가 범인이니까!"

"10분이 지났군요. 그리고 제가 범인이라면 소설이 아닌 증거를 찾아 구속영장을 가져오세요."

"곧 그렇게 될 거다."

김철수 형사는 자신에게 다짐하듯, 나에게 경고하듯 힘있게 얘기한다.

한데 그의 집착하는 모습이 무섭기보단 안쓰럽다는 생각이 들었다.

설령 내가 사라진다고 해도 인생을 낭비하며 수사에 매진할 가능성이 높았다.

그래서 결국 발걸음을 멈추고 쓸데없이 한마디를 덧붙였다.

"웬만한 증거로는 구속영장은커녕 당신의 자리까지 위험해질 수 있다는 거 아셔야 할 겁니다."

"잘 알아. 하지만 너만 고위층을 안다고 생각하면 오산이야. 증거만 가져오면 널 엮겠다는 사람을 잘 알거든."

"문정배 검사라면 충분히 그럴 수 있는 분이죠."

"…그가 벌써 너에게 말한 건가?"

김철수의 말을 유추하면 두 사람 간에 밀담이 오고간 모양이다.

　굳이 정정해줄 이유는 없지만 뒤통수를 맞았다는 표정을 짓는 김철수를 보니 절로 말이 나왔다.

　"오해 마세요. 문정배 검사의 결혼식에 갔을 때 그가 웃는 얼굴로 그러더군요. 증거만 찾으면 날 언제든지 감옥에 처넣겠다고. 그도 당신처럼 날 범인으로 생각하고 있었지만 당신과 달리 증거가 없어 포기했던 모양이더군요."

　"……."

　"어쨌든 기대하고 있겠습니다."

　내가 해줄 말은 다했다.

　이후로 그가 수사를 하며 인생을 낭비하든, 어쩌든 나와는 더 이상 상관없는 일이다.

　"잠깐……!"

　"…왜요?"

　10m쯤 왔는데 다시 부르는 김철수.

　살짝 짜증이 나 뒤도 돌아보지 않고 말했다. 한데 그의 입에서 전혀 생각지도 못한 말이 나왔다.

　"미안하다."

　"무슨 의미죠?"

　"그때… 그러니까 네가 납치된 바로 직후에 지금처럼 수사했더라면 널 더 빨리 찾을 수 있지 않았을까 하는 생각을 해

봤다."

"……."

"그래서 미안하다. 그랬다면……."

"설령!"

말을 끊었다.

"…당신이 날 찾아냈다고 해도 당신의 힘으로 할 수 있는 일은 없었을 겁니다."

복수를 향한 견고함이 방금 김철수 형사가 한 말에 순간 흔들렸다.

어쩌면 내가 겪어야 했던 일에 누군가에게 사과를 받고 싶었는지도 몰랐다.

하지만 이미 너무 멀리 왔다.

'망할 자식……!'

누군가에게 하는 말인지 모를 욕을 하곤 주주총회가 열리는 곳으로 향했다.

호텔로 들어가 컨벤션 센트 입구를 들어서려는 순간, 문 옆에 경호를 서던 남자 한 명이 앞을 막아선다.

"박무찬 씨?"

"그렇습니다만?"

"당신은 이곳에 들어갈 수 없습니다."

예상했던 일이다.

"이유는요?"

"소란스럽게 하지 말고 저쪽으로 가서 얘기하시죠."

"소란스럽게 하는 쪽은 오히려 그쪽인 것 같은데요? 전 동진푸드의 주주로서 정당한 권리를 행사하러 왔는데 당신들은 누구기에 절 막는 겁니까?"

"그건……."

웅성웅성.

작게 말했지만 주변에 있는 모든 사람들이 또렷이 듣기엔 충분했다.

사람들의 시선이 일제히 쏠리자 경호원들은 당황한 듯 말을 잇지 못한다.

"전 주주로서 오늘 회의를 참석한 겁니다. 당신들이 보낸 참석장을 보여드릴까요?"

"…아닙니다. 들어가시죠."

며칠 전 내 소유의 주식을 5%로 만들며 주식 보유 공시를 했기에 이들이 모를 리가 없을 터.

안으로 들어가자 준비해둔 자리는 이미 많은 사람들로 가득 차 있었다.

그중에 불곰의 수하들과 오늘 사장으로 추대될 노강윤이 눈에 띈다.

그들과 눈빛으로 서로에게 인사를 나눈 후 적당한 자리에 앉았다.

"…오늘 과연 회장 해임안이 나올까?"

"내 생각엔 나오긴 할 것 같아."

"회장 일가의 보유주식이 50%에 가까운데 그게 가능할까?"

"해임안이 통과가 되지 않더라도 주식을 어느 정도 소유하고 있다는 것만 보여줘도 동진푸드에서 힘을 쓸 수가 있어. 그게 아니라면 비싼 가격에 팔수도 있는 일이니까."

"그저 찔러나 본다는 얘기군."

"그렇지."

자리에 앉아 있는 이들은 삼삼오오 모여 소문으로 퍼진 인수합병에 관한 얘기를 하고 있었는데, 모든 이들이 부정적으로 말하고 있다.

가족들을 제외하곤 당연한 얘기였기에 그저 귀만 열어둔 채 주주총회가 시작되길 기다린다.

"잠시 후, 임시 주주총회가 시작될 예정이오니 장내에 계신 주주 분들께서는 자리에 앉아주시길 바랍니다."

사회자가 나와 장내를 정리한다. 그리고 잠시 후 동진푸드의 대표이사와 안영미가 들어온다.

찌릿!

살기다.

'모전자전인가?

안영미가 나와 눈이 마주치자 보낸 표독한 살기였다.

그런 그녀를 향해 빙긋이 웃어주었다.

김철수 형사 때문에 흔들리던 복수의 벽이 다시금 견고해짐을 느껴졌기 때문이다.

대표이사와 그녀가 자리에 앉자 사회자는 주주총회가 시작됨을 알린다.

"지금부터 20XX년 동진푸드 12월 임시 주주총회가 시작됨을 알립니다. 이번 임시 총회는 소액주주들의 권리신장을 위한 이사 선임안을 시작으로 몇 가지 안건을 처리할 예정입니다. 그럼, 가장 먼저……."

주주총회 첫 번째 안건이 발의되었다.

하지만 나에겐 마지막에 나올 안건을 제외하곤 다른 건 어떻게 되던 관심이 없었다.

"동진푸드 사모님의 눈빛이 장난 아니군."

노강윤 사장 또한 다른 것엔 별로 관심이 없는지 슬금슬금 자리를 옮겨 내 옆에 와서 앉으며 말한다.

"죽이고 싶은가 보죠."

"하하. 일이 마무리되면 제일 먼저 경호원을 자네에게 붙여둬야겠어."

"굳이 그럴 필요가 있을까요?"

"왜? 자네는 저 눈빛이 무섭지 않나?"

"전혀요. 오히려 마지막 발악처럼 보일 뿐입니다."

"하긴 주주총회 끝나고 나면 그럴 정신이 없을 테지. 한데 어떤 수가 있는지 지금도 말해주지 않을 텐가?"

노강윤은 만날 때마다 하던 질문을 오늘도 묻는다.

"이제 잠시 후면 볼 수 있으니 조금만 참으세요."

"헐! 이 친구 정말 너무하는군. 나중에 장가 오면 이번 일은 꼭 기억해 두지."

"……."

웃자고 하는 얘기였지만 노강윤도 오늘 일 때문에 긴장을 하고 있는지 표정은 살짝 굳어 있었다.

1조원 규모의 회사의 오너가 되는 날이니 당연한 일일 것이다.

우리나라의 기업의 특성상 최대주주이자 대표이사가 되면 강력한 힘을 가진다.

그러다 보니 1조원 회사의 매출 규모가 수십조에 이르게 되면 그만큼의 힘을 지니게 되는 것이다.

노강윤이 1조원의 회사를 1조 5천억이라도 사겠다고 한 이유가 여기에 있었다.

안건들은 내가 느끼기에 참으로 더디게 가결되거나 부결되며 진행되었다.

그리고 마침내 마지막 안건이 끝이 났다.

"…이번 안건은 가결되었음을 알려드립니다. 이상으로 모든 안건이 끝마쳤습니다. 더 이상 다른 의견이 없다면 이상으로서 임시 주주총회를……."

사회자는 언질을 받았는지 빠르게 주주총회를 마무리 지

으려 했다.

"잠시만! 할 말이 있습니다."

"…예. 말씀하십시오."

손을 든 사람은 불곰 조직 내에 최고 엘리트로 불곰이 최근에 직접 스카우트(?)한 친구였다.

그가 손을 들고 자리에서 일어나자 가벼운 탄성과 함께 사람들의 시선이 쏠린다.

"저는…….."

제법 쇼맨쉽도 갖췄다.

말을 할 듯하며 사람들을 한번 둘러본다.

그리고 주위를 시선을 완전히 끌어 모은 다음 입을 열었다.

"소액주주들의 의견을 무시하고 회사를 독단적으로 운영하여 회사에 손해를 입힌 현 대표이사 신경진 씨의 대표이사 해임안을 제출합니다."

"오오!"

"우와! 저 사람은 도대체 누구야?"

"……."

대표이사 해임안이 상정되자 조용하던 회의실은 일순간 수선스러워진다.

"그리고… 그와 함께 새로운 대표이사로 노강윤 씨의 선임안 역시 제출합니다.

쿠쿵!

만일 현재 회의실 분위기를 말로 표현하자면 이렇게 표현
해야 할 것이다.

"노강윤? 그 사람이 누구지?"

"이 사람, 노강윤 사장을 몰라?"

"유명한 사람이야?"

"정진그룹 노찬성 회장의 둘째 아들이잖아."

"정진그룹!"

해임안보다 선임안에 정진그룹의 노강윤 사장이 지목되었
다는 것에 사람들은 놀랐다.

사회자도 무척이나 당황했는지 안영미를 보며 답을 찾고
있었다.

"모두 조용히 해주십시오!"

소란은 사회자가 안영미에게 뭔가를 지시받고 마이크를
잡고서야 가라앉는다.

"지금 말씀하신 분은……?"

"동진푸드의 주주 중 한 명인 조용조요."

"알겠습니다. 그럼 조용조 씨가 제출한 대표이사 해임안과
서, 선임안에 대한 타당성에 대해 토론을 하도록 하겠습니
다."

"토론은 무슨 토론입니까? 지금 당장 표결에 붙이면 될 일
을!"

"표결에 앞서 조용조 씨가 말씀한 것에 대한 의문이 있어

그렇습니다."

"무슨 의문 말이오?"

토론을 통해 해임안을 무효화시킬 생각인지 사회자는 조리 있게 설명을 한다.

"소액주주의 의견을 무시했다고 했는데 이번 임시 총회 역시 소액주주 분들의 의견을 반영하여 이루어진 결과물입니다. 또한, 독단적으로 운영하여 회사에 손해를 입혔다는데 그렇다면 증거를 보이십시오. 그렇지 않다면 이번 총회가 끝나는 즉시 조용조 씨를 명예훼손으로 고발할 것입니다."

"증거라… 보여드리지요!"

조용조는 옆에 둔 가방에서 서류를 꺼낸다.

그의 일거수일투족에 사람들은 숨소리도 작게 한 채 집중한다.

"넉넉하게 카피를 해왔으니 경영진분들과 주주 분들도 보시지요."

"사실이 확인 되지 않은 문서를……!"

조용조의 행동을 막으려 했지만 그가 꺼낸 서류는 마치 시험지가 넘어가듯 빠르게 주주들에게 건네졌다.

나 역시 한 장을 받아들고 나머지는 뒤로 넘겼다.

"새로운 내용이라도 있나?"

노강윤 사장이 받은 서류를 뒤적거리며 묻는다.

사실 서류에 적힌 동진푸드의 비리는 노강윤 사장이 넘겨

준 것이었다.

"아뇨. 형님이 주셨던 그대로예요."

"이 정도라도 충분하지."

"토론 없이 바로 표결로 갈 수 있을까요?"

"안 될 거야. 법적으론 밝혀진 게 전혀 없으니까. 다만 표결로 가는 건 확실하게 되겠지."

회의는 노강윤의 말처럼 법적근거를 들먹이는 대표이사 쪽과 대표이사 해임이후에 법적으로 가야 한다는 우리 쪽이 첨예하게 대립되었다.

결국 토론이란 말은 없었지만 토론이라 할 만큼 긴 시간을 싸운다.

조용조는 잘 싸우고 있었지만 그 모습을 지켜보는 내가 짜증이 났다.

"지치는군요."

"정치가든, 기업가든 즐겨 쓰는 방법이지. 조바심을 내는 사람이 지는 게임이거든."

"그런가요?"

"자네도 나중을 위해 배워두는 게 좋을 거야."

배울 마음 따윈 추호도 없었다.

"점심시간이 지났으니 곧 점심을 먹고 회의를 속개하자고 할 거야. 그러니 마음 편하게 먹어."

아니나 다를까 사회자는 토론 중에 시간을 보더니 점심을 먹고 계속하자는 의견을 낸다.

그러자 조용조는 흘낏 날 봤고, 난 별 수 없다는 듯 고개를 끄덕였다.

"그럼 식사들 마치고 1시간 30분 뒤 다시 주주총회를 진행하겠습니다."

사회자의 말이 떨어지자 사람들은 일제히 밖으로 향한다.

그리고 안영미는 이사진들과 회의실을 나가며 다시 한 번 진한 살기를 날린다. 그런데 아까와 다른 점은 나뿐만 아니라 노강윤에게도 살벌한 눈빛을 보냈다는 것이다.

"눈치챘나 봅니다. 이젠 형님에게도 무서운 눈빛을 보내는 군요."

"나도 봤어."

"무섭지 않습니까?"

아까 그가 나에게 물었던 질문을 그대로 해본다.

"하하하! 전혀! 아직까지 사태파악을 못하고 있으면 회사를 이끌 자격이 없지. 저들은 1시간 반 동안 적이 누군지 철저하게 파악하려 할 거야."

"그래 봐야 늦었죠."

"아직 늦은 줄 모르니까. 그나저나 점심은 뭘 먹지? 요즘 배가 나와서 다이어트를 해야 하는데 오히려 식욕이 산다니까."

"그럼 이곳 스카이라운지로 가시죠."

회의가 길어져 혹시라도 신수호를 보낼 비행기를 놓칠까 염려가 되었다.

그렇다고 조급해 할 필요는 없었다.

노강윤의 말처럼 당장 회의가 속개될 것도 아니었기에 간단이 점심을 먹기로 했다.

*   *   *

쾅!

"유성구 은행장이 거래를 끊겠다는데도 연락조차 되지 않았던 이유가 정진그룹 때문이었어!"

동진푸드의 회장이자, 신수호의 아버지인 신경민은 테이블을 치며 분노했다.

"노찬성 회장에게 당장 전화해서 따져야겠어!"

화가 나 소리쳤지만 그것이 얼마나 허망한 외침인지 그 자신도 잘 알고 있었다.

안영미는 분노를 안으로 감추고 그녀의 남편을 진정시키고자 했다.

"여보, 따지는 건 나중에 해도 늦지 않아요. 지금은 냉정하게 이번 사태를 마무리 지어야 할 때예요."

"그야……! 휴우~ 그러지."

신경민은 몸을 소파에 묻으며 눈을 감았고, 안영미가 나서

직원들에게 물었다.

"해임안에 손을 들 만한 이들은요?"

"자세한 건 해봐야 알겠지만 어느 정도 파악이 됐습니다."

"누구고 주식보유 현황은 얼마죠?"

표결로 가지 않고 토론으로 유도한 건 적을 파악하기 방편이기도 했다.

"노강윤 사장 4%, 박무찬 7%, 조용조 5%, 김한일 2%, 나동희 1%, 기타 소액주주들 3%로 22%의 주식을 보유하고 있습니다."

"생각보다 많군요. 거기에 우량은행까지 합친다면……."

"34% 정도입니다. 그리고……."

말을 하던 비서실장은 주변에 서 있는 이사진들을 보곤 말을 늘어뜨린다.

"이사님들은 모두 나가서 식사들 하세요."

"예!"

할 말이 있음을 눈치챈 안영미는 비서실 사람들만 남겨둔 채 모두 내보냈다.

"계속 해봐요."

"예. 이사님들 중에 몇 분이… 해임안을 찬성할 것 같습니다."

토론을 통한 유추에 불가한 일이었기에 비서실장의 말은 조심스러웠다.

안영미도 어느 정도는 예상하던 일이었기에 침착하게 물었다.

"누구죠?"

"정동호 이사님과 성문창 이사님, 김이한 이사님이 의심스럽습니다."

"그들의 주식이 몇 프로죠?"

"3.5% 정도입니다."

"어리석은 사람들! 그들은 결과를 지켜보고 처리하도록 하죠. 그럼 그들의 주식이 37.5%정도라는 소린데……."

"40%정도 예상하셔야 할 것 같습니다."

"수호가 가진 주식이 결국 필요하게 되었군요."

"예."

안영미는 신수호가 가급적 나서지 않길 바랐다.

병색이 완연한 모습에 공개적인 주주총회에 나서게 되면 소문이 퍼질 것이 분명했다.

별도의 회사로 어느 정도 주식을 상속해 뒀지만 나중에 대표이사 자리를 넘겨줄 때 악제가 될 수도 있었다.

하지만 자신과 남편의 주식, 그리고 우호적인 주식까지 합쳐야 37%.

신수호가 사장으로 있는 회사 명의의 주식 15%가 절대적으로 필요했다.

"수호는 뭐하고 있어요?"

"오늘은 고통은 없어 보였습니다. 다만… 이틀간 너무 심한 고통을 겪어서인지 멍하니 창밖만 보고 계십니다."

"휴우~"

안영미는 깊은 한숨을 쉰다.

평생 쉰 한숨보다 최근 몇 일간 쉰 한숨이 더 많을 정도로 신수호에 대한 걱정이 컸다.

"비서실장님이 생각하기에도 정신적인 문제라고 생각하나요?"

신수호가 한국에 도착하자마자 고통의 원인을 찾고자 병원으로 데려가 모든 검사를 다시 했다.

그러나 역시 아무런 이상도 발견하지 못했다.

다만 유명한 정신과 의사가 고통의 원인이 정신적인 것에 있을 가능성이 높다는 말과 함께 원인을 제거해야 나을 가능성이 있다고 말했었다.

"예. 저 역시 그렇게 생각하고 있습니다."

"그럼……."

"다른 사람들은 모두 나가서 잠시 후에 재개될 회의 준비를 하게."

비서실장은 안영미가 어떤 말을 할지 예상하고 다른 직원들을 내보낸다.

그렇게 방엔 신경민, 안영미 부부와 비서실장만 남게 되었다.

"원인을 제거해야겠죠?"

비서실장도 원인이라 불리는 놈을 잘 알고 있었다.

"물론입니다."

"해주실 수 있나요?"

"예! 주주총회가 끝나면 어차피 이 자리에서 물러나야 하는 상황이니 원인을 제거하고 외국여행이나 다녀오겠습니다."

"돈 걱정은 마시고 다녀오게. 돌아올 땐 이사 자리를 비워 둠세."

"감사합니다."

"나야말로 고맙네."

세 사람의 묘한 연대감으로 방 안은 은은한 살기가 흐른다.

3장

악연의 끝

간단하게 먹을 생각이었던 점심은 왕성한 식욕의 노윤성 덕분에 만찬처럼 되어버렸다.

딱히 밥 먹고 할 일도 없었기에 샴페인을 차 삼아 시간을 때운다.

"형님, 한 가지 부탁이 있습니다."

"해윤이와 지금 당장 결혼하고 싶다는 것만 빼곤 다 들어주지. 나야 상관없는데 아버지께서는 서른 되기 전까지 시집보낼 생각이 없으시거든. 하하하!"

말을 할까 말까 고민하다 꺼냈는데 웃기지도 않은 농담이라니.

그래도 남겨질 해윤일 위해서라도 노윤성의 도움이 필요했다.

난 천천히 내가 생각하고 있는 바를 얘기한다.

"…바쁘실 텐데 괜한 부탁이 아닌지 모르겠습니다."

설명을 다 들은 노윤성의 표정에는 웃음기가 싹 사라졌다.

"내 동생에 관한 일이니 괜한 부탁은 아니지. 한데… 꼭 그래야만 하나?"

"자세한 건 말씀드리기가 곤란합니다."

"다른 여자가 생긴 거라면 굳이 그럴 필요는 없어. 들키지만 않으면 돼. 나도 한 때 여러 명의… 험! 이건 못들은 걸로 하지."

"……"

"남녀관계의 일이니 어쩔 수 없는 일이겠지. 해윤이가 많이 슬퍼할 거야."

"슬퍼하지는 않을 겁니다. 다만……."

"다만 뭐?"

"이상한 행동을 보일 겁니다. 그때 형님께서 있는 그대로 받아들이게 도와주세요."

"조금 전에도 들었지만 자네 말을 도통 이해할 수가 없어."

"때가 되면 이해하실 겁니다."

지금으로선 이해할 수 없을 것이다.

나 역시 확신할 수 없는 일이니 더더욱 그럴 터, 하지만 오늘 신수호를 보면 결과가 나올 것이다.

"혹시 내 동생이 잘못되면 널 용서하지 않을 거다."

"그럴 일은 없을 겁니다."

"애휴! 이번 일도 그렇고. 넌 너무 상식에서 벗어나."

"칭찬으로 들을게요."

"쩝! 별나다, 별나."

노강윤은 이해하기를 포기했는지 고개를 흔들며 입맛을 다신다.

"참! 해윤이랑 끝낸다고 해서 우리 관계도 끝나는 건 아니다. 그러니 계속 형이라고 불러라."

"알겠습니다."

"필요한 거 있으면 언제든지 찾아오고."

"그럴게요."

"아이~ 자식! 그냥 매제가 되면 좋을 것을… 둘 사이에 무슨 일이 있는지 모르겠지만 좋게 해결해라."

노강윤은 해윤과 내가 헤어지는 게 못내 안타까운지 연신 이런저런 잔소리를 한다.

그 모습이 왠지 싫지 않다.

점심시간이 끝났다.

다시 주주총회장으로 모인 사람들은 묘한 긴장감에 작은 소리로 속닥이고 있었다.

사회자가 들어와 마이크를 잡자 그 속닥임마저 자자들고 침 삼키는 소리가 크게 들릴 정도로 고요해진다.

"지금부터… 임시 주주총회를 재개하도록 하겠습니다."

우와!

그리고 회의가 재개됨을 알리자 일제히 탄성을 지른다.

"오전에 조용조 씨가 제출한 대표이사 해임안에 대한 논의를 다시 시작하도록……."

"지금 오후에도 계속 토론을 하자는 겁니까? 오전이 넘도록 해봐야 제가 제출한 서류를 못 믿겠다는 게 현 경영진의 의견이었고, 우리 측은 표결에 붙인 후, 추후 검증하자는 의견이었습니다. 어차피 토론해 봐야 마찬가지 논쟁만 오갈 터. 깔끔하게 표결에 붙여 끝냅시다!"

"맞소! 표결에 붙입시다!"

"우리도 다른 일이 있는 사람들이란 말입니다! 그러니 빨리 끝내자고요."

"그럽시다. 사실 그 일을 했든 안했든 무슨 상관입니까? 표결에서 이기면 끝나는 일 아니오?"

"그래, 그렇게 하자!"

군중심리라는 말을 쓸 필요도 없이 몇몇이 선동을 하자 기다리기 지루했던 사람들이 동조를 했고, 회의장은 순식간에 표결에 붙이자는 결론에 이른다.

사회자는 안영미를 봤고, 그녀는 비장하게 고개를 끄덕였다.

"아, 알겠으니 모두 조용히 해주십시오. 여러분의 의견을 수렴해 지금부터 대표이사 해임안에 대한 표결을 붙이도록 하겠습니다."

됐다!

마침내 표결까지 오는데 성공했다.

저들은 당연히 승리할 것이라 생각해 자신만만한 표정을 짓고 있다.

하지만 곧 절망으로 바뀌게 되리라.

"표결방식은 정확한 집계를 위해 투표용지를 이용하도록 하겠습니다. 본인이 가진 주식수를 정확히 기재해 주시고, 위임장을 가져오신 분은 서류를 제출해 주시기 바랍니다."

표결방식은 보통 거수방식이나 기립방식을 이용하지만 좀 더 정확한 산출을 위해선 투표용지를 이용한다.

"이사들 중에 회유한 사람들도 있었나?"

투표용지에 기재를 하던 노강윤이 귓속말로 묻는다.

"있죠."

"우리 측에 투표를 할까?"

"워낙 갈대 같은 인물들이라 저들의 주식은 포함하지 않았어요."

저들을 회유할 때 접대한 걸 생각하면 끔찍했다.

별로 많지도 않은 주식으로 마치 엄청난 대가를 바라는 모습이었다.

"잘 했어. 어차피 내가 잡게 되면 쳐내야 하는 사람들이지. 한데 지금도 어떻게 해임안을 가결시킬지 가르쳐주지 않을 거야?"

노찬성 회장도, 노강윤도 그리 큰 기대는 하고 있지 않았다.

하지만 안 된다는 걸 알고 있으면서도 은근히 바라게 되는 게 사람으로선 당연한 일.

끝에 이르자 노강윤은 조바심이 생기는 듯 보였다.

"마침 들어오네요."

"누구? 설마… 신수호를 말하는 건 아니겠지?"

"맞습니다. 신수호!"

옥상에서 호되게 당한 이후로 처음 보는 신수호는 예전의 말끔한 모습은 찾아보기 힘들었다.

10킬로는 넘게 빠진 모습에 피부는 푸석푸석했고, 정신은 반쯤 나간 것처럼 멍해 보였다.

그런 그의 모습을 본 순간, 최면이 성공적으로 걸렸음을 확신했고, 내 승리 또한 확신했다.

"말도 안 되는 소리!"

말을 해줘도 믿지 못하는 노강윤.

그의 반응은 지극히 당연했다.

돈을 위해 천륜을 어기는 짐승 같은 놈들이 많은 세상이라 하지만 자신이 물려받을 회사를 남에게 갖다 바칠 바보 같은 놈은 없기 때문이다.

안으로 들어오던 신수호가 날 발견했다.

그리곤 애처롭게 떨기 시작한다.

"너… 너……."

무슨 말을 하려는 듯 입을 여는 신수호.

하지만 말도 제대로 하지 못하고 부들부들 떨면서 서 있자 양 옆의 경호원에 의해 부축 받으며 겨우 자신의 자리로 간다.

그런 신수호의 눈빛엔 놀람, 공포, 분노가 뒤섞여 있었고, 절망이 깊숙이 자리하고 있었다.

"나와의 약속을 잊지 마, 동창."

작지만 모든 사람이 들을 수 있을 정도로 말했다.

비록 단상에 있는 사람들에게 매서운 눈초리를 받아야 했고, 그에게 쓰긴 역겨운 말이었지만 꼭 해야 할 말이었다.

'동창'은 그에게 걸린 최면의 마지막 빗장을 푸는 키(Key)였다.

"……."

앞쪽에 앉아 투표용지를 작성하는 신수호는 중풍 걸린 사람처럼 벌벌 떤다.

그리고 뒤돌아보며 애절한 표정을 지으며 입을 벙긋거린다.

입모양이 뜻하는 바는 간단했다.

'제발!'

제발, 뭐? 봐달라는 거냐?

난 그런 말을 할 기회조차도 없었다.

신수호가 어떤 표정을 짓든, 어떤 말을 하든 그저 무심한 얼굴로 바라볼 뿐이었다.

결국 그도 포기했는지 마침내 앞에 놓인 투표용지를 작성해 제출한다.

"수, 수호야!"

주주총회의 의장은 현 대표이사가 맡는다.

한데 지금은 현 대표이사의 해임안을 결정하는 문제였기에 대주주이자, 이사자격이 있는 안영미가 의장을 대리하고 있었다.

그녀가 신수호가 건넨 투표용지를 받아든 순간 지금까지 여유 있던 표정은 사라졌다.

"어, 엄마, 죄송해요."

"아냐! 자, 잘못 쓴 거지? 분명 잘못 쓴 거야. 새로운 용지를 줄 테니 다시 써오렴."

"…죄, 죄송해요."

"죄송하다고 될 일이 아냐! 도대체 무슨 생각으로 이걸 쓴 거니? 너 지금 제정신이 아니구나?"

"제, 제 의지가 아, 아니에요. 이, 이건… 죄송해요, 엄마."

"무슨 일이야? …이, 이 미친……."

신경민도 둘 사이에 무슨 일이 있나 싶어 확인했다 놀라 말을 잇지 못한다.

한 편의 촌극이다.

사람들의 시선이 일제히 그들을 향했고 난 조용조에게 마무리를 지으라는 신호를 보냈다.

고개를 끄덕인 그는 자리에서 일어나 단상 쪽으로 걸어 나간다.

"집계를 하셨으면 발표를 하셔야지 뭐하시는 겁니까?"

"이, 이쪽으로 오시면 안 됩니다. 발표할 테니 제자리에 앉아주십시오."

막는 경호원을 살짝 뿌리치며 단상으로 다가간 조용조는 안영미의 손에 든 투표용지를 보곤 모든 사람이 들을 수 있게 큰소리로 물었다.

"신수호 사장이 주식 15%를 해임안 가결에 투표를 했군요?"

"······!"

"우와! 신수호 사장이라면 신경민 회장의 아들이잖아? 한데 그가 해임안에 찬성을 했다고?"

"정말 대표이사가 해임되는 거 아냐?"

"그런데 아들이 왜 아버지를 해임한다는데 투표를 한 거야? 미친 거 아냐?"

"부자 사이에 뭔 일이 있는 게 틀림없구먼!"

참석한 주주들은 너도 나도 한마디씩 했다.

그리고 아들이 아버지를 배신했다는 얘기에 상상의 나래를 펴며 한마디씩 한다.

"이, 이건 실수한 거요. 다, 다시 작성해서 가지고 와라, 수호야."

"이미 투표를 했는데 실수라고 해서 다시 작성하다니 이게 무슨 말도 안 되는 일입니까!"

"아직 접수를 안 한 상태이니 괜찮소!"

"참 억지도 대단하십니다! 그래, 그렇다면 본인에게 직접 물어보면 되겠구려. 신수호 사장이 실수를 했다고 하면 난 인정하겠습니다. 하지만 실수가 아니라고 하면 그쪽도 인정하시겠습니까?"

"흥! 그럴 리가 없지. 이 애가 지금 몸 상태가 좋지 않아 잠시 착각한 것뿐이오!"

조용조는 신경민과의 말싸움에서 더 이상 물러 설 곳이 없는 함정을 파고 있었다.

"제가 봐도 정상적으로 보이진 않는군요. 그렇다면 아예 투표에서 배제하는 것도 한 방법이겠군요."

"말도 안 되는 소리! 몸이 안 좋을 뿐이오. 조금만 쉬면 곧 괜찮을 거요."

"그럼, 신수호 사장은 일단 쉬게 두고 다른 분들이 투표한 결과부터 보죠."

"험! 이, 일단 그럽시다."

시간을 벌었다고 안도하는 신경민은 안경미에게 신수호를 맡긴 후 투표한 결과를 합산한다.

"쩝, 아깝군. 왜 더 강력하게 어필을 하지 않았지?"

동진푸드 대표이사 자리가 눈앞에 다가왔다가 다시 멀어지는 듯한 느낌을 받았는지 노강윤의 목소리는 아쉬움이 가득했다.

"빼도 박도 못하게 만들어야죠."

"무슨 뜻이지?"

"형님이 보시기에 지금 신수호의 모습이 어떻게 보이죠?"

"정상적으로 보이진 않는군."

"다른 사람들도 형님과 비슷한 생각을 할 겁니다. 그 말은 신수호가 지금 하는 행동이 법적효력이 없을 수도 있다는 거죠."

"아!"

이해를 했다는 뜻 고개를 끄덕이며 수긍한다.

"동진푸드가 넘어가게 될 상황이니 아무리 아들이라고 해도 신수호를 정신이상자로 몰수도 있으니까요."

주주총회의 모든 말은 녹음되고 의사록에 기록된다.

즉, 신경민이 자신의 아들인 신수호가 정상임을 본인 입으로 얘기를 하게 만듦으로서 표결 이후 혹시 있을지도 모를 불복을 방지하기 위함이었다.

"한데 신수호가 다시 나에게 투표를 할까? 자네가 신수호에게 무슨 수를 썼는지 모르지만 안영미가 옆에 붙어 저렇게 얘기하고 있잖아."

노강윤이 턱으로 가리킨 곳엔 안영미가 신수호의 손을 꼭 잡고 설득하는 모습이 보였다.

"아마 다시 말하게 될 겁니다."

안영미의 말이 최면에 걸린 신수호에게 어떻게 작용할지 몰랐기에 100%로 확신하진 못했다.

그러나 십중팔구는 다시 해임안에 투표를 할 것이다.

"…대표이사 해임안과 신임안에 대한 집계된 결과를 발표하도록 하겠습니다. 지금까지 결과는……."

이미 신경민의 딱딱하게 굳은 표정과 떨리는 목소리에서 결과는 나와 있었다.

"해임안은 차, 찬성… 39.6%, 반대 37.2%, 기권 3.4%이고, 신임안은 찬성 39.1%, 반대 37.8%, 기권 3.3%로입니다."

와!

탄성이 터져 나왔다.

지금까지 결과만 보자면 해임안과 신임안 둘 다 나의 승리.

소란도 잠시 이젠 사람들의 시선은 자연 신수호에게 쏠린다.

"아, 아직까지 결론은 나지 않았소. 그럼 마지막으로 주식 15%의 권리를 행사할 신수호… 씨에게 묻겠소. 어느 쪽에 투표 할 생각이오?"

신경민은 약간의 강압적인 말투와 간절한 눈빛으로 신수호에게 물었다.

"수호야, 이번에는 똑바로 얘기해야 한다!"

안경미 또한 손을 놓지 않고 다짐받듯이 말한다.

신수호는 천천히 자리에서 일어났다.

안영미와 신경민을 번갈아 바라보는 신수호는 몹시도 혼란스러워하고 있었다.

모두들 그가 입을 열기를 기다렸지만 그의 입은 쉽사리 열리지 않는다.

"저, 저는······."

드디어 입이 열렸다.

하지만 그의 고민은 아직 끝나지 않은 듯 다시 침묵이 길게 이어진다.

신경민의 간절한 눈빛은 그의 말을 종용했고, 안영미는 신수호의 손을 믿는다는 듯 꽉 잡는다.

"저는 바···!"

가족인 두 사람의 마음이 전해졌을까?

신수호의 목소리는 일순 최면을 벗어난 것처럼 생기가 느껴졌다.

그래서 결과를 말하기 전 강력한 살기를 신수호에 날렸다.

떨떨떨!

육안으로 보기에도 갑자기 떨기 시작하는 신수호.

신경민의 간절한 눈빛에서 고개를 돌리고, 안영미의 손을 뿌리치며 그는 말을 뱉었다.

"…차, 찬성합니다."

"……!"

"……!"

"……!"

간절함은 절망으로 바뀌었고, 뿌리침에 다시 잡으려던 손을 떨림과 함께 아래로 서서히 떨어진다.

믿었던 아들에게 배신당한 부모, 사랑하는 부모를 배신한 아들, 세 사람은 일제히 무너진다.

"크크크크크……."

어찌 보면 서글프도록 슬픈 장면임에도 나에겐 그 어떤 액션영화보다 통쾌했다.

참으려 해도 웃음이 새어나온다.

오랫동안 기다려왔던 신수호에 대한 복수가 완성되었다.

나와의 약속을 지킴으로서 죽는 게 낫다 싶을 정도의 정신적 세뇌에서 벗어나게 된 신수호.

하지만 세뇌에서 벗어나자 자신이 무슨 짓을 했는지 정확하게 인지를 한 모양이다.

"아… 이, 이게 아닌데… 이, 이게 아닌데."

넋이 나간 사람처럼 혼잣말을 중얼거린다.

그리고 그의 얼굴은 육체적 고통을 겪을 때보다 훨씬 더 괴롭게 찡그려진다.

만족스러웠다.

절망하고, 스스로를 저주하는 듯한 저 얼굴을 보고 싶었는지 모른다.

"…크크크하하하하하! 크하하하하하하!"

웃음이 터졌다.

주변 사람들의 시선이 나에게로 모였지만 상관없었다.

"크하하하하하!"

지금은…….

지금 이 순간만큼은 아무도 신경 쓰지 않고 웃고 싶었다.

＊　　　＊　　　＊

위이이이잉~~

이명이 계속된다.

그리고 새하얗게 탈색된 세상은 현재 위치가 어디인지, 어떤 상황인지 모르게 만든다.

"…해임안이 통… 그리고, 새롭게……."

끝까지 계속 될 것 같던 멍한 상태가 서서히 정상을 찾아가자 신수호는 자신이 무슨 짓을 했는지 깨닫기 시작한다.

'아, 안 돼!'

심장이 덜컥 내려앉았다.

"…그럼, 대표이사로 선임된 노강윤 사장님의 말씀을 들어
보도록 하겠습니다."

옥상에서 박무찬을 만난 이후로 안개 낀 것처럼 뿌옇게 흐
려졌었던 세상이 완전히 정상으로 돌아왔다.

벗어나길 원했던 상황이었는데 지금은 오히려 그때로 다
시 돌아가고 싶어졌다.

단상 위 의자에 망연자실하게 앉아 자신에게 악귀 같은 눈
빛만을 보내는 아버지.

모든 것을 잃은 듯한 슬픈 눈의 어머니.

그리고 어디선가 들리는 기분 나쁜 웃음소리.

'내, 내가 무슨 짓을…….'

패륜이었다.

자신의 아버지를 대표이사에서 끌어내리고, 적을 대표이
사로 만들었다.

"…소액주주들의 권리를 보장하게 위해 최선을 다할 것입
니다. 끝으로 전 대표이사인 신경민 씨와 이사인 안영미 씨를
횡령 및 배임혐의로 검찰에 고소합니다."

단상에 올라가 발표를 하는 노강윤의 발표가 그의 심장을
찌른다.

'아냐! 이건 내 의지가 아냐!'

신수호는 변명이라도 하고 싶었다. 그래서 힘겹게 입을 열었다.

　"어, 엄마……."

　"……."

　"……!"

　그러나 안영미의 눈빛을 본 순간 더 이상 말을 이을 수가 없었다.

　원망, 슬픔, 아픔, 배신감, 애잔함 등, 말로 표현할 수 없을 만큼 많은 감정이 그대로 신수호에게 전해졌다.

　'그, 그런 눈빛으로 보지 마세요. 제, 제가 그런 게 아니에요. 박무찬이, 박무찬이…….'

　신수호는 주춤주춤 뒷걸음을 친다.

　안영미와 신경민의 원망하는 눈빛이 그의 심장을 후벼 파는 듯해 두려움마저 느껴졌다.

　터텅!

　"…이익!"

　뒷걸음치다 책상다리에 걸려 책상과 함께 넘어진다. 하지만 쪽팔림도, 아픔도 느껴지지 않았다.

　그저 지금 이 자리를 벗어나고 싶다는 생각만이 신수호의 머리를 채우고 있었다.

　신수호는 회의장을 박차고 나갔다.

　그리고 목적지 없이 마구 뛰기 시작한다.

사람들의 시선이 없는 곳이라면 어디든 상관없었다.

쾅!

철제문이 닫히며 굉음을 내며 닫힌다.

"허억허억!"

신수호가 몸을 피한 곳은 옅은 조명이 비추는 계단이었다.

시선이 없고 자신의 숨소리가 크게 들릴 정도로 한적했기
에 신수호는 만족을 하고 걸음을 멈춘다.

"이럴 순 없어, 이럴 순 없다고……. 흑!"

벽에 기대 숨을 고르던 신수호는 혼잣말을 중얼거리며 서
서히 무너진다.

눈물이 쏟아졌다.

"흑흑! 흐흐흐흑!"

무릎에 얼굴을 박고 운다.

맑은 정신이 된지 얼마 되지 않았지만 자신이 무슨 짓을 했
는지 확실히 알았다.

"죄송해요, 엄마, 아빠……. 흑흑흑!"

자신을 바라보던 두 사람의 눈빛이 낙인이 되어 심장에 새
겨졌다.

차라리 욕을 했으면, 미친놈이라고 때렸더라면 차라리 속
편했을 것을…….

부모에게 버림받아 혼자가 되어버린 듯한 신수호는 그렇
게 울고 또 울었다.

끼익!

외부와 단절해주던 철문이 열리며 누군가가 비상계단으로 나온다.

"여기 있었군."

비웃는 듯한 목소리와 함께 모습을 들어 낸 이는 박무찬이었다.

"개새끼!"

신수호는 자신을 이렇게 만든 박무찬을 보자 벼락처럼 일어나 주먹을 날린다.

"커억!"

하지만 주먹이 뻗기도 전에 박무찬의 손에 목이 잡혀 옴짝달싹도 못한다.

"과연 머리가 있는 놈인지 궁금하네. 그렇게 당하고도 덤빌 기운이 있다니 말이야."

"크읍! 컥!"

순간의 분노로 행한 일이었지만 박무찬의 감정 없는 목소리에 머리가 차갑게 식는다.

"어때?"

"……."

"부모를 배신하고 버림받은 기분 더럽지 않아?"

"…다, 닥쳐."

슬쩍 느슨해진 손아귀 힘에 말을 할 수 있게 된 신수호는 떨리는 목소리로 외친다.

"지금이 끝이라고 생각하면 곤란해."

"무, 무슨 말이지?"

"대표이사가 바뀌었어. 한데 주식 수는 적어 다음 주주총회에서 해임될 수 있다면?"

"……!"

그의 말에 숨겨진 뜻을 파악한 신수호는 아득해짐을 느껴야 했다.

"크크! 아주 멍청하진 않군. 기대하라고 너의 부모가 어떻게 되는지."

"그, 그분들은 내버려둬! 나와 너 사이의 일이잖아! 그러니… 큭!"

"너와 나의 일?"

박무찬은 손에 다시 힘을 주며 신수호를 얼굴 가까이로 끌어당겼다.

그리고 으르렁대며 말한다.

"네놈 때문에 납치당했을 때 내 아버지께서는 시한부 인생을 살고 계셨어! 넌 그분이 돌아가실 때까지 얼마나 고통 받았을지는 생각해 봤나?"

"……."

"그깟 회사를 뺏었다고 내 복수가 끝이라고 생각하나? 아니, 철저하게 무너뜨릴 거야. 재산을 빼앗고! 차가운 감옥으

로 보내고! 그곳에서 네놈을 평생토록 원망하게 너 같은 자식을 둔 걸 후회하게 만들어 줄 거야!'

"이, 이미 너와의 약속은 지켰어! 그러니 멈춰!"

"홋! 네 목숨을 살려준다고 했을 뿐이지. 그래서 목숨은 살려줄 생각이야."

"말도 안 돼……."

"말이 되는지 안 되는지는 현재 힘을 가진 내가 판단하는 거야."

부모님이 겪을 일을 생각하자 정신이 아득해졌다.

"…제, 제발"

신수호가 생각하기에 박무찬은 충분히 그러고도 남을 놈이었다.

놈은 악마였다.

신수호가 부모를 위해 할 수 있는 일은 결국 한 가지뿐이었다.

그저 용서를 구하고 비는 것.

"부, 부모님은 내버려둬 줘."

"내가 왜 그래야 하지?"

"차라리 날… 죽여. 그, 그래. 날 죽여. 널 그렇게 만든 건 나잖아. 그러니 날 죽여. 제발 부탁이야. 날 죽이고 부모님은 제발……."

"……."

"지, 지금 당장에라도 죽어줄게. 그러니 부, 부모님만은 건들지 말아줘."

신수호는 빌고 또 빌었다.

무표정했던 박무찬의 얼굴이 일순간 실룩거리다 다시 원상태로 돌아간다.

"웃기지 마! 네까짓 목숨쯤이야 언제든 없애버릴 수 있어. 한데 내가 굳이 그럴 필요가 있을까?"

"…무찬아."

"닥쳐! 더러운 입으로 내 이름 부르지 마! 다시 한 번만 그 따위로 날 부르면 이 자리에서 지옥을 보여주지. 으득!"

"……."

신수호는 절망했다.

시작을 한 것 자신이었기에 더 이상 어떻게 해야 할지 몰랐다.

그래서 몸의 모든 힘을 빼고 박무찬의 처분만을 기다리기로 했다.

그때 옥상에서 그랬던 것처럼 악마의 속삭임이 들려온다.

"지금부터 해야 할 일이 있다."

"……."

"지하주차장으로 내려가. 그리고……."

모든 말을 들은 신수호는 박무찬이 결코 자신의 목숨을 살려줄 생각이 없음을 깨달았다.

딱!

손가락을 튕기는 소리를 들은 신수호는 멍한 표정으로 계단 아래로 내려간다.

지하주차장에 도착하자 검은색 세단이 기다렸다는 듯이 그의 앞에 다가와 선다.

그리고 창문이 열리며 낯선 얼굴의 사내가 말했다.

"타."

"……."

신수호는 마치 말 잘 듣는 로버트처럼 차문을 열고 탔고 차는 빠르게 주주총회가 열렸던 컨벤션센터를 벗어난다.

멍하니 서 있는 신수호를 옆에 두고 두 사람은 중국어로 얘기하고 있다.

"이자요?"

"그래. 여권은 들킬 염려가 없겠지?"

"걱정 마쇼. 하도 당부를 하기에 진짜 여권에 사진만 붙인 거니까."

"도착하면 증거 사진 보내는 거 잊지 말고."

"네네."

리봉구의 말이 길어지자 대화를 하던 사내는 꽤나 귀찮다는 듯 건성으로 대답한다.

울컥한 리봉구가 한마디 하려 했지만 사내의 말이 먼저였다.

"이러다 비행기 놓치겠수. 안내는 수백 번도 더 해본 일이니 걱정 마쇼. 그나저나 이런 식으로 데려가도 되는 거요?"

리봉구는 슬쩍 신수호를 바라보더니 조용히 고개를 끄덕였다.

"혹, 도망가면 우리 쪽엔 책임 없는 거요. 한국에 있던 조직이 모두 없어져 그땐 우리도 어쩔 수 없소."

"그럴 리는 없을 거야."

"믿겠소. 그러니 우리도 믿으쇼. 가자."

사내는 리봉구 어깨를 툭 치곤 신수호의 손을 잡아끌곤 게이트로 향한다.

리봉구는 완전히 사라질 때까지 지켜보겠다는 듯 두 사람을 뒷모습에서 눈을 떼지 않는다.

문득, 수속을 마치고 게이트로 나가려던 신수호가 걸음을 멈춘다.

그리곤 아주 천천히 돌아서며 주변을 둘러본다.

공항이 아니라 마치 떠나는 고향을 바라보는 듯한 눈빛으로.

안내를 맡은 사내가 재촉을 하자 신수호는 알았다고 말했고, 마지막으로 리봉구를 바라보며 살짝 고개를 숙인 후, 게이트 안쪽으로 사라진다.

"휴우~"

그런 신수호가 사라지자 리봉구는 그답지 않게 긴 한숨을 쉰다.

"젠장! 기분 더럽군."

의미를 알 수 없는 말을 내뱉은 그는 다시 한 번 신수호가 사라진 게이트를 흘낏 보곤 걸음을 돌린다.

4장

정리 Ⅰ

"크윽!"

백발의 노인이 피를 토하며 뒤로 물러난다.

한데 고통스러워해야 할 노인은 피를 토하면서도 오히려 환하게 웃고 있다.

"그르르르르~ 우왕!"

난 그를 향해 다시 덮쳐갔다.

죽이기 위함이라기보단 죽지 않기 위한 공격이었다.

이상했다.

짐승과 같은 으르렁거림은 그렇다고 하더라도 분명 이기고 있음에도 잠시라도 멈추면 죽게 될 것이라는 생각이 머리를 떠나지 않는다.

'설마 내가 두려워하는 건가?'

생각을 하는 순간, 현실이 아님을 알게 되었다.

맞다, 꿈이었다.

그런데 이상하게도 꿈이라 인식했음에도 꿈에서 깨지 않고 계속된다.

"의식을 잃지 않았을 때보다 열 배 이상은 강한 것 같구나. 허허… 큭!"

노인은 다시 한 번 내 공격을 허용했다.

얼마나 강한 공격이었는지 몸이 십여 미터는 날아가 바닷가 모래사장에 처박힌다.

하지만 처박힌 속도만큼 빠르게 일어나 다시 자세를 잡는 백발의 노인.

여전히 웃고 있는 노인의 입을 찢어발기고 싶어진다. 그래서 다시 공격을 준비한다.

한데 노인은 더 이상 싸울 마음이 없어보였다.

"내가 생각만큼 강해졌지만 의식이 없음이 아쉽구나. 의식만 있었다면 네 심장을 꺼내고, 목을 잘랐을 텐데 말이지. 허허허!"

이해할 수 없는 말을 하는 노인의 말을 무시하고 빠르게 다가간다.

하지만 노인은 내가 다가가는 속도만큼 빠르게 뒤로 물러난다.

뒤가 바다라는 걸 생각할 때 불가사의한 속도와 몸놀림이었다.

"다음에도 그 상태라면 그땐 정말 죽여주마. 내가 다시 올 때까지 강해져라."

다시 달려들었지만 몇 발자국 내딛자 목까지 물이 차올랐기에 멈출 수밖에 없었다.

그에 반해 노인은 작은 나무 조각을 배처럼 이용해 더욱 멀어져간다.

"기억해라. 다음은… 없다………!"

노인의 말은 페이드아웃 효과처럼 멀어져갔고, 주변이 점점 어두워지며 난 꿈에서 빠져나온다.

"허억!"

침대에서 눈을 떴다.

웬만한 운동에도 땀을 흘리지 않는데 단지 자고 일어났음에도 속옷이 흠뻑 젖어 있었다.

"…무슨 꿈이었지?"

방금 전까지 생생했던 꿈에 대한 기억이 눈을 뜨자마자 마치 모래바닥에 물을 삼키듯 사라져 버린다.

"개꿈."

딱히 중요하다는 생각이 들지 않았고 흠뻑 젖은 몸을 씻고

자 샤워실로 향했다.

시원한 물이 머리에 닿자 몇 년 만에 깊이 잠들었음을 알 수 있었다.

킬러가 왔다면 꼼짝없이 죽었을 것이라는 생각에 긴장을 푼 스스로를 질책한다.

그러나 한편으로는 신수호에 대한 복수를 끝낸 것에 대한 나에게 주는 작은 보상이라 생각하기로 했다.

"네가 웬일로 늦잠이니? 잘 잤어?"

"응."

"식탁에 아침 있으니까 먹어. 우리는 이미 먹었어."

"그래."

거실로 내려가자 디오네와 제시카, 우니가 식후 차를 마시며 인사를 한다.

"봉구 형은?"

식탁에는 된장국과 밥이 있었지만 간단히 샌드위치와 우유를 들고 거실로 나왔다.

"새벽까지 일처리 할 것이 있다고 나갔는데 아직 오지 않았어."

"그렇구나."

"TV 틀까?"

"아니. 지금이 고요하니 좋아."

지금은 TV보다 거실 창밖이 더 볼 만했다.

함박눈이 온 세상에 하얗게 만들며 흩날리고 있었다.

"차 줄까?"

마지막 샌드위치 조각을 입에 넣자 우니가 기다렸다는 듯
묻는다.

"커피로 부탁해."

우니가 커피를 가지러 부엌으로 가자 우아하게 차를 마시
던 디오네가 빙긋이 웃으며 묻는다.

"기분은 어때?"

많은 의미가 함축된 말.

"홀가분해."

"그래?"

디오네는 눈썹만 살짝 올렸다 내릴 뿐 더 이상 묻지 않았
다.

사실 영화나 드라마를 보면 복수가 끝나고 나면 허무함을
느끼는 경우가 많은데 나 또한 다르지 않았다.

아직 다음 목표인 천외천이 남아 있어 정도가 약할 뿐이지
없었다면 무기력증에 빠졌을지도 모른다.

물론, 복수를 했다는 것에 기쁘긴 했기에 완전히 틀린 대답
은 아니었다.

"이제 슬슬 정리해야 하지 않아?"

이번엔 제시카가 묻는다.

섬 생활이 짧고, 아직 어려서인지 제시카는 조용한 서울 생

활을 지루해 하는 편이었다.

그래서 얼른 중국에 가길 은근히 바라고 있었다.

"오늘부터 본격적으로 준비해야지."

주주총회가 끝나고 이틀이 지났다.

기쁨도, 허무함도 해야 할 일이 있는 나로서는 이틀이면 충분하다고 생각했다.

"무슨 준비?"

커피를 들고 나오던 우니가 물었고, 커피를 받으며 말했다.

"너도 곧 알게 될 거야."

우니는 아직까지 우리가 떠날 것을 모르고 있었다.

입이 싼 편인 제시카도 우니와 많이 친해져 쉽사리 입을 열지 않으니 모를 수밖에.

"나, 왕따인 거야?"

"응."

"쳇! 그렇게 말하니 겁나서 더 이상 못 묻겠네."

서운하다며 입을 삐죽이며 살짝 어두워지는 표정을 짓는 우니를 보니 우리가 떠날 것을 느끼고 있을지도 모른다는 생각이 들었다.

"우니야……."

말이 나온 김에 말을 해야겠다고 생각을 해 입을 열었다.

그러나 다음 말이 쉽게 나오지 않는다.

"응?"

"사실……."

"됐네요. 때 되면 말해줘."

기분이 나빠져서인지, 듣기가 싫은 건지 우니는 빈 잔을 들고 부엌으로 가버린다.

"쯔쯧! 천하의 위즈도 가족 앞에선 어쩔 수 없나 보구나?"

"……."

디오네의 말이 맞았다.

피는 섞이지 않았지만 이젠 나에겐 하나 남은 가족이 우니였다.

"내가 얘기해 줄까?"

"아뇨. 그럼 더 상처받을 것 같아요."

"잘 아네. 그렇다면 최대한 빨리 말해. 늦게 말해도 상처받으니까."

"알았어요."

말한다는 자체로 상처를 받을 것이다.

하지만 고 선생님과 지켜주기로 약속했는데 위험한 곳으로 데려갈 순 없었다.

"참, 조금 전에 동진푸드 주식 값 들어왔더라. 네 것도 들어왔을 테니 확인해 봐."

"맞게 들어왔겠죠."

일이 끝난 지금, 돈은 별로 의미가 없었다.

"뭔 눈이 이렇게나 쏟아지는 거야!"

봉구 형은 투덜거리며 거실 입구에서 눈을 턴다.

"눈은 밖에서 완전히 털고 와야죠!"

"으, 응. 밖에서 털었는데 완전히 안 털렸나 봐……."

"어깨에는 수북이 쌓여 있는데 털긴 뭘 털었다고 그래요? 빨리 다시 나가요!"

"……."

봉구 형이 뭐라고 대답하기도 전에 우니는 이미 그를 끌고 밖으로 나간다.

하여간 마음에 들지 않는 인간이다. 그래서 가볍게 흉을 본다.

"쯧! 남자 망신 다 시킨다니까."

"왜, 보기 좋잖아?"

"보기 좋긴요. 팔푼이 짓이죠."

"넌 안 그럴 것 같아?"

"나라면……."

해윤일 놓고 상상을 해본다.

그러자 결론은 금세 나왔다.

"밖에서 눈을 깨끗이 털고 들어왔겠죠."

"호호호호!"

"꺌꺌꺌!"

디오네와 제시카는 내 말에 동시에 웃음을 터뜨린다.

"따뜻한 커피 줄까요?"

"좀 있다. 먼저 무찬이랑 할 얘기가 있거든."

거실로 들어온 리봉구는 얘기를 하자면 눈짓을 보낸다.

"무슨 얘긴데요?"

내 방으로 자리를 옮긴 후 물었다.

"신수호 얘기."

"네?"

신수호 얘기라면 이미 어제 부로 끝이 났다.

D등급의 섬에 들어갔고, 그곳에서 도착해 칼 한 자루를 들고 모래사장에 서 있는 모습까지 확인했다.

굳은 얼굴로 말하는 봉구 형의 모습에서 어떤 얘기인지 짐작이 갔다.

"죽었어요?"

"응……."

"생각보다 빠르군요. 보통 섬에 들어가면 적응기간이 있지 않나요? 자살한 건가?"

"아니. 그가 간 섬은 D급 섬이야. 그래서 바로 뒷날부터 시합을 하는 경우도 있어."

나와 같은 일을 겪어보라고 보낸 곳이었다.

마지막 최면을 걸 때 살아 돌아와 나에게 복수하라고 말해 뒀지만 사실 살아날 거라곤 생각하진 않았다.

하지만 하루 만에 죽었을 줄이야.

"확인할래? 같은 동료라고 생각했는지 방송했던 동영상을 보내주더군."

"됐어요."

충분히 복수를 했기에 더 이상 미련은 없었다. 굳이 죽는 모습을 보며 기뻐할 만큼 삐뚤어지진 않았다.

한데 안 본다고 말했음에도 봉구 형은 동영상을 재생시킨 후 내 앞에 들이민다.

"됐다고 말했을 텐데요?"

"봐!"

형의 행동에 화를 내려는데 오히려 리봉구의 목소리가 딱딱하게 굳어 있었다.

한마디 하려다 평소완 다른 행동에 동영상을 보기 시작했다.

익숙한 전투를 알리는 소리가 울렸지만 칼을 든 신수호는 그저 멍하니 서 있을 뿐이다.

잠시 후, 마치 정지화면처럼 서 있는 그를 향해 칼을 든 흑인이 살금살금 다가오는 게 보인다.

주변이 확 터져 있는 곳이라 신수호도 다가오는 그를 확인한다.

작은 스마트폰의 화면임에도 살짝 보이는 얼굴이 공포에 질려 있었고, 몸은 떨고 있었다.

난 두 사람이 붙을 것이라 생각했다.

하지만 예상은 완전히 빗나갔다.

신수호는 아예 카메라가 있는 쪽으로 몸을 돌렸고, 흑인과는 등지는 자세를 취한 것이다.

심지어 칼까지 손에서 놓아버린다.

"미친……!"

나도 모르게 욕설이 튀어나왔다.

화면 속 흑인 역시 나처럼 그의 행동이 황당했든지 쉽게 접근하지 못했다.

그러나 그것도 잠시, 흑인은 빠른 속도로 다가와 왼손으로 신수호를 붙잡았고, 칼을 목에 갖다 댄다.

흑인은 경험이 있는 자였다.

위험이 없다고 판단을 했는지 뭔가를 말하다 칼을 든 오른손이 서서히 오른쪽에서 왼쪽으로 그어진다.

…….

공포와 목이 잘리는 고통 속에서 죽어가는 신수호.

그와 중에 그는 입을 벙긋거리며 뭔가를 말하고 있었다.

무… 찬… 아… 제… 발…….

그 말을 끝으로 신수호는 눈을 감았다.

그리고 목이 잘렸다.

"…이걸 보여주는 의도가 뭐죠?"

봉구 형에게 묻는 내 목소리는 차갑게 식어 있었다. 그러나 그는 답을 하지 않고 오히려 나에게 되묻는다.

"컨벤션 센터에서 신수호에게 건 최면이 제대로 걸렸다고 생각하냐?"

"아마도……."

걸렸는지 안 걸렸는지 알 수 있는 방법은 눈빛과 이후의 최면대로 행동하느냐를 보고 결정한다.

물론 이 두 가지 방법 또한 100%로 확신할 수 있는 것은 아니지만 말이다.

"걸리지 않았었다."

"형 말은 신수호가 최면에 걸리지 않았음에도 지하주차장에서 차를 탔다고 말하고 싶은 건가요?"

"그래."

"걸리지 않았다면 도망치면 되지 왜 차를 탔죠?"

"도망치지 못하리라는 걸 알았겠지."

"……."

맞는 말이다.

난 신수호가 차를 타고 떠날 때까지 뒤에서 몰래 지켜보고 있었다.

"그래서요?"

"차를 타고 공항으로 가는 길에 그가 말하더라. 자신은 제정신이라고. 내가 제압을 하려 하자 얌전히 따라갈 테니 얘기나 하자더군."

"무슨 얘기였죠?"

"자신의 부모님은 괴롭히지 말라고 하더라."

봉구 형이 하는 얘기의 핵심을 알게 되었다.

"난 그들에게 아무 짓도 안 해요. 결정권이 이미 노강윤 사장에게 넘어갔어요."

"너라면 바꿀 수 있잖아?"

"내가 왜 그래야 하죠?"

짜증이 솟구쳤다.

병신같이 죽어버린 신수호에게도, 자꾸 그의 편을 들려하는 봉구 형에게도.

하지만 형이라 인정한 이에게 화를 내고 싶지는 않았기에 꾹 참고 말을 했다.

"신수호 그 자식은 죽어 마땅하겠지. 하지만 그의 부모가 잘못한 건 아니잖아?"

계단에서 신수호가 내게 했던 말과 똑같은 말을 봉구 형이 한다.

나 역시 똑같이 반박할 수 있었지만 신수호의 부모에 대해 측은지심을 가지게 된 봉구 형에게 말하는 건 싸우자는 얘기 밖에 되지 않았다.

"휴우~ 도대체 그놈한테 무슨 얘기를 들었기에 형이 이러는지 들어나 보고 판단하죠."

"별다른 건 없다. 부모님은 괴롭히지 말아달라는 말을 너에게 해달라는 얘기밖에. 다만 이거 확인해 봐라."

"뭐예요, 이건?"

"직접 확인해라. 그리고 네가 알아서 결정해라. 내가 할 말은 끝났다."

봉구 형은 노란 서류봉투를 건네곤 내 방에서 나가버린다.

서류 봉투를 열어보니 2장의 편지와 한 장의 서류, 한 개의 usb가 들어 있었다.

난 먼저 편지와 서류를 읽었고 .이어 USB에 담긴 동영상을 보았다.

"망할 자식! 끝까지 기분 더럽게 만드네."

신수호가 부모에게 쓴 편지와 유언처럼 남긴 편지, 그리고 모든 재산으로 재단을 만들고 그 재단 이사장을 동진푸드 대표이사에게 맡긴다는 공증된 서류였다.

*   *   *

"어서 와, 동생."

"바쁘신데 방해한 건 아닌지 모르겠네요."

"후후! 바쁘기야 혼이 나갈 정도로 바쁘지. 하지만 동생이 온다면 언제든지 환영이야."

수많은 서류 속에 파묻혀 일하던 노강윤이 갑작스런 방문에도 반갑게 맞이해 준다.

"돈은 오전에 넣었는데 받았지?"

"네. 감사합니다."

"감사는 내가 해야지. 이젠 정진푸드의 대표이사가 되었으니까."

"별말씀을요. 원래 주식 가격보다 1.5배나 더 받았으니 제가 감사해야죠."

"하하하하! 그렇다면 서로 감사하는 걸로 하지."

"그게 좋겠네요. 그리고 대표이사 되신 거 축하드립니다."

"고마워. 한데 괜한 자리를 맡은 게 아닌가 싶어."

"왜요? 원하시던 자리잖습니까?"

"그렇긴 한데 업무파악 해야지, 인사개편 해야지, 무엇보다도 다음 주총을 위해 주식도 확보해야 해서 정신이 없다."

앓는 소리를 하곤 있었지만 노강윤의 얼굴엔 웃음이 가득했다.

"아침부터 술 먹자고 온 건 아닐 테고, 이른 점심이나 같이 할까?"

"점심은 선약이 있습니다."

"점심 핑계로 좀 쉬려고 했는데 안 도와주네. 차 한 잔 마실 시간은 되지?"

"물론이죠."

본론은 차를 마시며 꺼냈다.

"신경민 부부에 대해선 어디까지 진행됐습니까?"

"일단 원래 가지고 있던 자료로 검찰에 횡령 및 배임혐의로 고발을 해둔 상태야. 그리고 새로운 자료를 찾기 위해 정진그룹에서 파견 나온 사람들이 서류를 뒤지고 있는 중이지."

"어찌 될 것 같습니까?"

"계획대로 될 것 같아. 이틀 동안 찾은 자료만 해도 꽤 되거든."

한국의 재벌들은 회사를 자신의 소유라고 생각하는 경우가 많다.

그래서 회사의 자산을 마치 자신의 돈인 양 사용했는데 엄밀히 따지면 이러한 일은 모두 불법이었다.

"특히 신수호에게 변칙 상속을 하면서 회사에 손해를 엄청 끼쳤지. 그 외, 몇 가지를 묶어 손해배상소송을 하면 주식을 토해낼 수밖에 없을 거야. 음, 한데 이 일에 대해 묻는 걸 보니 마음이 바뀌었나?"

"조금요."

"어느 선까지?"

신경민 부부에 대한 처리문제에 대해 노강윤과 나는 여러 번 얘기를 했었다.

그때 처리문제를 4단계로 나눴었다.

1단계는 주식만 일부 확보(5% 전후).

2단계는 주식 일부 확보와 법적 책임까지.

3단계는 최대한의 주식 확보.

4단계는 최대한의 주식 확보와 법적 책임이었다.

현재 노강윤은 4단계를 진행 중이었다.

"1단계까지만 했으면 좋겠습니다."

"1단계까지라······."

노강윤은 내 말에 인상을 쓰며 생각에 빠진다.

사실 그가 소유한 주식수를 생각할 때 노강윤 사장은 생각할 필요도 없이 내 말을 무시해야 했다.

한데 노강윤은 내가 왜 이런 말을 했는지, 1단계만으로 자신의 문제를 해결할 수 있는지에 대해 심각하게 고민을 한다.

이미 대표이사가 되었음에도 여전히 나를 동료, 동생으로 생각한다는 것이다.

이러한 점 때문에 난 노강윤 사장을 좋아했다.

"5%로는 힘들고 10%정도면 해볼 만할 것 같은데, 네 생각은 어떠냐?"

"10%로도 힘들지 않아요?"

"신주발행으로 그럭저럭 가능할 것 같기도 한데······."

안 그래도 힘든 사람인데 더 이상 괴롭히고 싶은 생각이 없었다.

그래서 난 봉구 형에게 받은 서류를 그에게 줬다.

"뭐냐?"

"1단계만으로도 대표이사 자리를 공고히 할 수 있는 해결책이죠."

"그래?"

금세 좁혀져 있던 미간을 펴며 서류를 읽던 그는 서류를 보곤 다시 미간을 좁힌다.

"이것만 있으면 1단계로 처리해도 충분하지만… 도대체 신수호가 왜 이걸 나에겐 준 거지?"

"글쎄요. 이유는 저도 잘 모르겠습니다."

"자신의 아버지의 해임안에 찬성한 것도 이해 불가지만, 전 재산으로 재단을 만들어 날 재단이사장으로 앉히려 하다니 도무지 이해가 안 돼."

"굳이 이해할 필요 있나요? 재단에 맡겨진 주식에 대한 권리를 가지게 됐으면 된 거죠."

"그야 그렇지만 상식적으로 말이 안 되잖아?"

"상식적이지 않은 놈인가 보죠. 아니면 부모와 사이가 극도로 나빠져서인지도 모르죠."

이유를 알려고 드는 노강윤의 신경을 다른 쪽으로 돌린다.

"쩝! 그럴지도 모르지."

그는 쩝쩝한 표정을 지으며 말을 이었다.

"신수호와 만나보면 알 수 있겠지."

"힘들 겁니다."

"왜?"

"외국으로 떠났다고 하더군요."

"웬 외국? 갑자기 왜? 아아, 정말이지 상식적으로는 이해가 되지 않는다."

얘기를 해줄 수 있는 것이 아니라 어깨를 으쓱하자 노강윤은 고개를 흔들며 포기를 한다.

"변호사의 공증까지 받은 서류니 문제될 것은 없겠지. 어쨌든 나 역시 얼굴 붉히지 않고 일을 해결할 수 있어서 다행이다."

신경민 부부를 끝까지 밀어붙이지 않아도 된다는 것에 만족을 했는지 허점투성이인 내 말에 더 이상 토를 달지 않았다.

확실히 노강윤은 정진그룹 후계자로 부족했다.

그는 정이 너무 많았다.

"전 이만 가볼게요."

이제 움직여야 할 시간이었다.

"바쁜가 보구나?"

"네. 허술하게 일처리 하는 사람이 있어서 뒤처리할 게 있거든요."

"잘라버려."

"자르기엔 좀 그런 사람이라……."

노강윤의 말처럼 당장 목이라도 잘라버리고 싶었지만 우니 때문에 그럴 수가 없었다.

봉구 형이 내 방을 나간 후, 화를 가라앉히고 생각을 정리했다.

해결방법이 생겼는데 이미 죽어버린 신수호의 부모들까지 괴롭힐 필요는 없다는 결론을 내렸다.

그래서 봉구 형에게 서류에 대해 물으니 공항으로 가는 길에 눈에 띄는 변호사 사무실에 들러 작성했다는 걸 알 수 있었다.

문제는 여기저기 허술한 곳이 너무 많다는 것이다.

신경민 부부가 서류를 접하게 되면 가장 먼저 신수호를 찾게 될 것이다.

하지만 이미 죽어버린 그를 찾을 길은 없을 터, 당연히 경찰조사가 이루어질 가능성이 높았다.

변호사와 신수호가 서류를 작성할 때 봉구 형이 옆에서 지켜보고 있었다는 점.

외국으로 떠난다는 신수호가 가짜 여권을 타고 외국으로 갔다는 점, 등등.

경찰이 움직이기 전에 지워야 할 것들이 너무 많았다.

"한가해지면 술이나 한잔하자."

"네."

기약은 없는 답을 하곤 나 빠르게 이제는 정진푸드가 된 빌딩을 빠져나왔다.

"택시!"

"어디로 모실까요?"

"이 명함에 적힌 주소로 부탁드리겠습니다."

명함에는 금색으로 '문창호 변호사'라고 찍혀 있었다.

5장

정리 II

일을 대충 마무리 한 후, 새벽에야 집에 들어올 수 있었다.

"하아아암! 이제 들어오냐?"

소파에서 자고 있던 봉구 형이 인기척에 부스스 일어난다.

"헉! 왜, 왜?"

"······."

내가 쏟아낸 살기에 재빨리 소파 뒤로 숨어 언제든지 우니 방으로 튈 준비를 하는 그.

난 그저 노려만 본다.

"마, 말이라도 해줘야 빌든가 무릎을 꿇든가 할 거 아냐?"

비는 것과 무릎 꿇는 것의 차이점을 생각하다 보니 더 이상

화도 나지 않았다.

"앉아 봐요."

"…때리려고?"

"맞고 앉을래요?"

"저～언혀!"

번개처럼 날아 소파에 앉는 봉구 형.

"에휴～"

그 모습에 가슴에 눌러뒀던 화마저 사라져 버린다.

"오늘 내가 무슨 일을 하고 온 줄 알죠?"

"응. 디오네 누님한테 들었어. 어떻게 잘 됐어?"

"대충요."

"대충? 말이 영 시원찮다?"

말하는 꼬락서니를 보니 꺼졌다고 생각했던 화가 다시 불
붙는 게 느껴진다.

"으득! 변호사 사무실에 갔더니 전 직원이 형의 얼굴을 알
고 있더군요."

"그야……."

"심지어 여직원은 형의 이름도 알고 있었고요. 제. 임. 스.
리. 씨."

"그, 그건 하도 끈덕지게 물어보기에 어쩔 수 없이……."

"아하! 그래서 여권에 적힌 이름을 가르쳐줬다?"

"…죽을죄를 졌다."

"알긴 아네요. 안 그래도 흔적을 지울게 아니라 댁을 지울까 엄청 고민했으니까."

말을 하다 보니 화는 활활 타올랐고, 다시 살기가 뻗어 리봉구를 옥죈다.

변호사 사무실에서 뿐만 아니었다.

공항에서는 신수호와 헤어지는 연인처럼 애절하게 서로를 쳐다보는 꼴이라니.

어쨌든 변호사 사무실 사람들에겐 모조리 최면을 걸었고, 공항은 12시가 넘어 침투를 해 CCTV의 내용을 지워야 했다.

도대체 어느 곳에서 어떤 흔적을 남겼는지 모르는 상황에서 내 선택은 많지 않았다.

"형도 함께 갈 겁니다."

"아, 안 돼!"

앞을 잘라먹은 말이었음에도 잘도 알아듣는다.

중국에 누굴 데려갈 지에 대한 의논을 했을 때 봉구 형은 우니를 위해서라도 한국에 남겨두기로 했었다.

하지만 이번 일을 겪고 나니 우니를 오히려 위험에 빠뜨렸으면 빠뜨렸지 결코 도움이 될 인간이 아님을 알게 되었다.

"안 가. 아니, 못 가! 차라리 날 죽여."

배 째라는 식으로 나온다.

"그러죠."

"이익! 나쁜 새끼 죽이란다고 정말 죽이려 들다니!"

내가 가르쳐준 심법을 소화해 온 몸에 퍼져 있던 기를 단전에 안착시킴으로서 봉구 형의 실력은 처음 만났을 때완 천양지차였다.

약간의 살기에도 어느새 다시 소파 뒤로 몸을 숨겼다.

물론, 내가 볼 땐 아직까지 많이 부족했지만 말이다.

그렇다고 그와 이 새벽에 트집이질 할 생각은 추호도 없었다.

"강제할 생각은 없어요. 형이 지금까지 어떤 행동을 했는지 생각해 보세요. 그리고 그 행동이 만일 들켰을 경우 우니가 어떻게 생각할지도."

"……."

더 이상의 말은 아꼈다.

생각이 단순할 뿐 바보는 아니었다. 난 대화의 주제를 다른 곳으로 돌렸다.

"그건 그렇고 현무단 놈들은 언제 도착한대요?"

"…정확한 건 모르겠지만 일주일 뒤쯤."

일주일 뒤라면 12월 12일.

한국을 떠날 예정일이 12월 16일이니 그전에 그들을 처리해야 했다.

"15일 날 처리하면 되겠네요."

"그때 무슨 일 있다고 하지 않았어?"

물론, 중요한 날이었다.

하지만 천외천의 현무단을 처리하고 16일 새벽 비행기로 한국을 떠나는 게 최상으로 보였다.

"지난번처럼 처리할 거야?"

"아뇨. 최면이 안 먹힐 가능성이 높아요. 그러니 다른 방법으로 처리해야겠죠."

아직까진 좋은 방법이 떠오르지 않았지만 가급적 조용히 처리하고 한국을 떠날 생각이다.

"쉬세요."

할 말을 마친 난 봉구 형에게 인사를 하고 내 방으로 올라간다.

아직까지 날이 밝지 않은 새벽, 오늘 있는 약속을 위해서라고 잠시 눈을 붙여야 했다.

*   *   *

'고래등'이라는 이름의 음식점은 고래 고기와 고급 해산물을 주 메뉴로 하는 곳이었다.

"어서 오십시오. 예약은 하셨나요?"

다소 예스럽게 꾸며진 입구를 들어서자 단정한 정장 차림에 30대로 보이는 아가씨가 다가와 묻는다.

"송지훈 변호사님과 약속이 있어 왔습니다."

"기다리고 계십니다. 이쪽으로."

음식점의 외관은 서양식이었지만 안은 무척이나 토속적이면서도 고급스럽게 꾸며져 있었다.

"어서 오렴."

앉아서 차를 마시고 있던 삼촌이 반갑게 맞이해준다.

"잘 지내셨어요?"

"좀 피곤하긴 한데 일이 잘 풀려서 기분은 날아갈 것만 같다."

대양건설이 화성건설에 제기한 계약무효소송은 대양건설의 승리가 되었다.

왕창일 비서실장의 도움으로 1차 소송을 이긴 후, 항소를 하려던 화성건설은 베트남의 공사현장을 내버려둘 수 없었기에 결국 다른 건설업체와 정당한 계약을 할 수밖에 없었다.

그러니 화성건설 입장에서는 질 수밖에 없는 소송을 계속할 이유가 없었다.

"축하드려요."

"자식, 남에 일처럼 말하는구나."

"하하! 남의 일은 아니지만 삼촌의 일이죠."

"난 변호사 일이나 하련다. 이젠 귀찮은 일 끝났으니 네놈이 가져가거라."

"싫은데요."

"나도 싫다."

삼촌은 여전히 내가 대양건설을 맡아야 한다고 생각하는

모양이다.

그러나 누군가를 책임질 정도로 여유가 있지 않았다.

"그 얘긴 제가 졸업한 후에 다시 해요."

싫다고 해봐야 계속 반복될 얘기였기에 아예 얘기를 미래로 미뤘다.

"나쁜 놈."

물론 삼촌은 내 의도를 알고 있었다.

"얘기하기 전에 밥이나 먹을까?"

"좀 있다 손님 오면 하죠."

"손님?"

"네. 마침 오나 보네요."

문이 열리고 두 명의 사내가 들어온다.

큰 매형 양일수와 작은 매형이었다.

"오! 송 변호사와 박. 무. 찬. 씨. 오랜만이군요. 한데 바쁘신 분들이 웬일로 저희들을 찾으셨는지……?"

삐뚤어진 성격은 여전했다.

"용건은 전화상으로 말했잖아요. 계속 이죽거릴 생각이 아니라면 앉으세요."

"……"

두 매형은 벌레 씹은 표정이었지만 결국 자리에 앉는다.

그리고 대양건설을 뺏을 때 두 사람에게 꽤나 심한 일을 당한 것 때문인지 삼촌 역시 표정이 좋지 않았다.

"이들은 왜 부른 거냐?"

"일단 식사부터 하시죠."

"…그러자꾸나."

한마디도 없는 불편한 식사였지만 다행스럽게 아무도 자리를 뜨지 않았다.

"식사도 마쳤으니 이 상황에 대해 얘기해 보렴."

"차라도 마시면서…."

"무찬아……."

삼촌은 당장에라도 일어날 것 같았기에 차는 미뤄야 했다.

"여기 계신 세분이 현재와 같이 된 것은 제가 살아 돌아온 것 때문이라 생각합니다."

"그건 저들의 욕심 때문이지 결코 너 때문이……."

"그게 왜 우리……."

"잠깐! 삼촌, 끝까지 들어주세요. 그리고 두 매형도 마찬가지고요."

다시 싸우려드는 세 사람을 막고 빠르게 말을 이었다.

"아버지가 계셨다면 이런 일이 없었겠죠. 하지만 현실은 아버지는 돌아가셨고, 우리는 이렇게 되었군요."

"……."

"……."

"그래서 다시 원상태는 아니라도 아주 조금만이라도 예전으로 돌려놓고 싶다는 생각이 들었습니다. 돌아가신 아버지를 위해서, 그분의 피를 이어받은 가족들을 위해서."

세 사람이 어떻게 생각하는지 알 수는 없었으나 조용히 내 말을 듣는다.

내가 이 빌어먹을 생각을 하게 된 건 아이러니하게도 신수호 때문이었다.

"아버지는 두 누나와 제가 행복하길 바라셨을 겁니다. 한데 전 효도를 한 적이 단 한 번도 없더군요. 그래서 마지막으로 당신께서 원하셨던 것을 조금이라도 해드리고 싶어 세 분을 이 자리에 모셨습니다."

"그래서 어쩌자는 거냐?"

"먼저 두 매형에게 제가 팔았던 주식을 팔았던 가격에 다시 사겠습니다."

"반 토막이 난 주식을 말이냐?"

"문제를 해결했으니 다시 올라가겠죠. 그리고 전 그 주식을 삼촌에게 드리겠습니다."

"그게 끝이냐? 내게도 뭔가를 바라는 것 같은데?"

"역시 삼촌은 눈치가 빠르세요. 두 매형에게 자회사 두 개를 하나씩 분리해서 주셨으면 합니다."

"……!"

"물론, 두 회사의 자산 가치만큼 채워드리죠."

두 매형에게 이곳에 나오기 전에 얘기한 것이라 괜찮았지만 삼촌은 많이 놀라했다.

"…이렇게 한다고 예전으로 돌아갈 수 있으리라 생각하느냐?"

"힘들겠죠. 하지만 부딪히다 보면 예전만큼은 아니더라도 돌아가지 않을까요?"

"분리하고 두 회사와의 거래는 계속하라는 얘기구나."

"당연히 그러셔야죠. 그게 핵심인데요."

"휴우~ 내 얘기는 잘 들었다. 하지만 노력한다고… 될 문제가 아닌 거 같구나."

삼촌은 두 매형을 흘낏 보며 말한다.

"안 된다고 해도 상관없어요."

"상관이 없다고? 그런 일에 수백억을 쓴단 말이냐?"

"네. 조금 전에도 말씀드렸지만 아버지에게 효도를 한 번 해보고 싶을 뿐이에요."

미친놈이라 비웃어도 할 말이 없다.

수백억을 쓴다고 해도 두 매형과 누나의 생각이 털끝만큼도 변하지 않을 가능성이 높았다.

그저 주식을 높은 가격에 산다니까, 작지만 회사를 준다니까 나왔을 것이다.

그래도 상관없었다.

"하아~ 네 뜻대로 하자구나."

삼촌은 결국 승낙을 한다.

그리고 삼촌의 사무실로 자리를 옮겨 일사천리로 일처리

를 한다.

횡재(?)를 한 두 매형은 가고 삼촌과 나만 남았다. 그리고 내 재산에 대한 유언을 다시 작성했다.

그것마저 다 끝나자 슬픈 표정이 되어 묻는다.

"결국 떠날 생각이냐?"

"예."

"그렇다고 해도 굳이 이럴 필요는 없었다."

"알아요. 그냥 절 봐서라도 그들을 돌봐주세요."

"그들도 서민이라면 상상할 수없는 돈을 가진 자산가들이야."

"하하! 세만 받아먹고 살면 좋은데 사업한다고 다 날려 먹을까 봐 그러는 거죠. 그래서 삼촌 근처에 두려고요. 마음 약한 삼촌이 좀 도와주라고요."

"나쁜 녀석 같으니라고."

"헤헤!"

지금 이 순간만큼은 삼촌과 난, 때 묻지 않았던 과거로 돌아간 듯했다.

"돌아올 거지?"

"아마도요."

"기다리고 있으마."

"그러지 마세요."

"기다릴 거다. 돌아오지 않으면 네가 부탁한 건 하나도 들어주지 않을게다."

"하하. 정직한 우리 삼촌이 잘도 그러시겠네요."

"천국에 갈 수 있는 변호사가 몇 명이나 있을 것 같으냐?
나도 천국 가는 건 포기했다."

"하하하!"

돌아올 핑계라도 만들어주고 싶은 삼촌의 모습에 그냥 웃
을 수밖에 없었다.

이제 가야 할 때다.

"갈게요. 건강하게 지내세요. 늦장가라도 가시고요. 그동
안 감사했습니다, 삼촌."

마지막 인사를 했다. 그리고 돌아서려는데 습기 가득한 목
소리로 부른다.

"…무찬아."

"네?"

"한 번만 안아 봐도 되겠니?"

"……."

삼촌은 내 대답도 듣지 않고 껴안는다.

'남자한텐 관심 없어요' 라고 농담이라도 던지고 싶은데
울컥한 무엇이 목을 막는다.

"다음에 꼭 보자!"

"…그……."

그러겠다고 하고 싶었지만 약속한 걸 지킬 자신이 없어 입

만 벙긋거렸다.

그리고 어깨를 들썩이는 삼촌의 어깨를 가볍게 토닥일 뿐
이다.

*　　　*　　　*

"오늘은 제가 쏩니다! 살아서 돌아가는 생각은 절대 하지
마세요!"

우와!

백 명이 훨씬 넘는 사람들의 환호성이 술집을 들썩이게 만
든다.

"이번엔 얼마나 벌었기에 이렇게 거하게 쏘냐? 좋은 정보
있음 공유 좀 하지."

황선동이 자신의 옆자리를 툭툭 치며 묻는다.

"이제 방학인데 언제 벌었겠어요. 1년 동안 장학금 받아서
쏘는 겁니다."

"진짜?"

"하여간 눈치는… 좀 벌었어요. 한잔 드세요."

"좋은 정보 있으면 넘겨라. 이번 겨울방학에도 정진증권에
서 일하기로 했는데 네 덕 좀 보자."

"알았어요. 자자! 쭉 마셔요."

"오케이! 원샷!"

"원샷!"

황선동과 한잔하고 다시 자리를 옮겼다.

"해윤이는?"

이번에 총학생회장 선거에서 당선된 송종혁은 술을 먹다 내가 보이자 해윤이에 대해 묻는다.

어지간히도 집요한 사람이다.

"…오늘 가족모임이라 못 나왔어요."

"그래? 제시카는?"

"미국에 갔어요."

"하필이면 이런 날을 잡았냐? 에잉~ 취할 때까지 술이나 마셔야지."

술을 사준다고 해도 지랄인 그와 그 테이블 사람들과 한 잔하고 옆 테이블로 간다.

2층으로 된 술집 전체를 빌렸기에 모든 테이블을 도는 데만 1시간이 넘게 걸렸고, 술은 500cc 잔으로 15잔 가량을 마셨다.

아르바이트생들은 쉴 새 없이 술잔과 안주를 날랐지만 난 더욱 더 술을 마시게 만들기 위해 또 다른 방법을 사용했다.

"자자! 주목하세요. 총학생회장이 된 송종혁 선배님께서 한 말씀 하신답니다."

"에이~ 귀찮게."

말은 귀찮다는데 표정은 은근히 기다리던 눈치다.

"민족 경영대학 3학년 송! 종! 혁! 학우 여러분께 인사드립니다."

짝짝짝짝!

"지난 1년 동안 경영대학을 위해, 공부를 위해 힘써준 학우분들이 오늘 하루만이라도 즐겁게……."

'쯧! 말을 길게 하지 말고, 건배나 선창할 것이지.'

송종혁의 긴 연설이 마음에 들지 않는다.

최대한 많이 취하게 만들어야 하는데 오히려 술을 깨게 만든다.

"민족 경영, 건배!"

"건배!"

송종혁의 연설이 끝나자 술은 다시 빠르게 팔리기 시작한다.

내가 친했던 사람들을 모아 이렇게 술을 먹이는 이유는 돈을 벌어서도, 1년간 장학금을 받아서도 아니었다.

이들의 기억을 살짝 조작하기 위해서였다.

다시 한 시간이 지나자 점차 해롱거리는 이들이 눈에 띈다.

그중 한 명에게 다가가 조용히 물었다.

"형, 나 좀 볼래요?"

"오! 무차니~ 형이랑 할 얘기가 있었쪄?"

혀 짧은 소리를 하는 그를 데리고 술집을 빌릴 때 같이 빌려둔 주방 옆에 붙은 작은 방으로 갔다.

"무신 얘긴데?"

반쯤 풀린 눈으로 날 보는 그에게 최면을 걸었다. 그리고 나와 해윤이 그저 친구 사이임 각인시킨다.

"형, 저랑 해윤이가 무슨 사이죠?"

"해윤이랑 너랑……? 동기잖아."

"맞았어요, 형. 이제 테이블로 가서 술 마시러 가요."

"오우케이~"

이제 혀가 길어진 그를 술자리에 앉혀 놓고 다른 한 명을 데리고 작은 방으로 왔다.

깊은 최면을 걸 만큼 시간과 정력이 없었기에 취한 사람들을 데려다 최대한 후딱후딱 최면을 걸었다.

빠르게 최면을 건다고 해도 150명 가까이 되는 인원에게 최면을 걸자니 보통 시간이 걸리는 게 아니었다.

또한, 시간이 지나니 슬슬 집으로 가려는 이들도 생겨났다.

'젠장! 이러면 2차 작전에 돌입해야겠군.'

한 사람이 자리에서 일어나자 꽤 많은 인원이 집에 가겠다며 일어난다.

"벌써 가게요?"

"으~ 술을 너무 많이 먹어서."

"그럼 노래방에 가서 술 좀 깨고 가요."

"노래방! 그 괜찮은 생각이다."

"옆에 있는 와와 노래방도 가시죠."

술 먹고 노래 한 곡 생각나기 마련.

집에 가려고 했던 사람들은 일단 노래방으로 보내놓는다.

"사장님, 각 방에서 음료수 달라면 술로 넣어주세요."

"허허허! 그러지."

음료수보단 술이 마진이 더 높아서인지 사장님은 흔쾌히 허락한다.

'바쁘다, 바빠!'

최면을 건 사람이 집에 간다고 하면 보내고, 아직까지 못 건 사람이 간다고 하면 노래방으로 보냈다.

노래방도 싫다는 사람은 작별인사를 하는 것처럼 하면서 설렁설렁이라도 최면을 걸어야 했다.

맥주집에 있는 사람들에겐 모두 최면을 걸고 나니 한 겨울임에도 땀이 삐질 난다.

쉴 틈이 없이 바로 노래방으로 내려갔다.

그리고 가장 먼저 들어온 팀 방으로 들어갔다.

"제가 노래 한 곡 뽑겠습니다."

마이크를 힘으로 뺏고는 시작 반주가 긴 음악을 골랐다.

"마이크 테스트. 아아! 아아! 아! 아아! 아아아! ……."

노래방 책자에 집중하고 있는 이들에겐 '아아' 하는 소리로, 날 보고 있는 이들에겐 흐느적거리는 손동작으로 집단최면을 건다.

"저랑 해윤이는 연인 사이가 아니라 친구 사이입니다. 안

그렇습니까?'

충분히 최면에 빠졌을 때 암시를 건다.

"그렇구나."

"맞아, 너희들 친구 사이지."

집단최면의 경우 대부분 걸리긴 하지만…….

"니가 지금 이 누나, 애인 없다고 장난 하냐?"

"너희 싸웠어?"

안 걸리는 사람들도 있었다.

"앗! 그게 아니라, 잠깐 이리 나와 보실래요?"

그땐 역시 밖으로 나가 복도에서 개별적으로 최면을 걸어야 했다.

오늘 참석한 모든 이들에게 최면을 다 걸었을 땐 12시가 훌쩍 넘는 시간이었다.

"오늘 잘 마시고, 잘 놀다 간다."

"네, 형 들어가세요."

"내년에 보자!"

"그래, 내년에 보자."

"3차 안 가냐?"

"이제 1시에요, 누나 집에 들어가서야죠."

한 명, 한 명과 인사를 나눴다.

나에겐 마지막 만남이었기에 특별할 수밖에 없었다.

모두를 보낸 후, 술값과 노래방 비를 계산하고 나오니 찬바람이 정신을 맑게 한다.

"혼자네. 하하!"

약간의 쓸쓸함이 느껴졌지만 충분히 즐거운 하루였다.

내일은 교수님들에게 최면을 걸어야 했기에 이만 집으로 가야 했다.

방금 전까지 시끌벅적했던 술집과 노래방, 거리를 다시 한 번 눈에 담고 걸음을 옮긴다.

6장

현무단

"들어가기 싫어."

"그럼, 동네나 한 바퀴 돌까?"

"응!"

시무룩한 표정을 짓던 해윤은 언제 그랬냐는 듯 환하게 웃고 있다.

오늘은 12월 10일.

정리할 것들이 남아 있었지만 해윤과 시간을 보내라는 디오네의 충고를 받아들였다.

하루 종일 이곳저곳을 돌아다녔고, 늦은 저녁엔 영화까지 봤음에도 해윤은 좀 더 같이 있길 바라고 있었다.

"춥지 않아?"

"오늘 즐겁게 보내서 하나도 안 추워. 헤헤!"

차가운 겨울바람에 붉어진 볼에 하얀 입김을 내뱉으면서도 충분히 느린 걸음을 더욱 늦추는 그녀를 보니 그저 웃음만 나온다.

꼬옥!

난 해윤의 어깨를 잡고 내 품으로 바싹 끌어당겼다.

그렇게 하나가 되어 동네 한 바퀴를 돈다.

"들어가기 싫어."

데자뷰.

천천히 걸어도 20분이면 한 바퀴 돌 동네를 1시간 가까이 걷고도 집 앞에 도착한 해윤은 아까와 똑같은 표정으로 같은 말을 한다.

"내일 아침에 데리러 올게."

"정말?"

"응. 내일은 스키장에 가자."

"응! 응! 응! 좋아!"

내일도 같이 시간을 보낸다는 약속을 하고서야 해윤은 들어갈 결심을 한다.

차가워진 그녀의 얼굴을 감싸고 긴 입맞춤을 한다.

"이제 들어가."

"…으응."

"무찬아!"

문을 열고 들어가던 해윤은 문이 닫히기 전 뒤돌아서며 날 부른다.

그리고 은근한 목소리로 말한다.

"사랑해."

"……."

그저 미소 띤 얼굴로 고개를 끄덕일 뿐 다른 어떤 말도 할 수 없었다.

해윤이 들어가고도 그녀가 사라진 대문을 한참을 바라보다 걸음을 돌려 차에 올랐다.

라디오를 틀자 현 상황에 맞는 음악이 흘러나온다.

'TiTanium'이라는 노래였는데 멍하니 음악에 집중하게 만든다.

음악을 들으며 향한 곳은 집이 아니라 그레이스풀이었다.

12시가 가까운 시간이라 이미 불이 꺼진 매장이었지만 입구 옆에 있는 버튼을 눌렀다.

찌잉! 철컥!

문이 열리고 안으로 들어가 2층으로 올라갔다.

"…30분 정도는 걸릴 거예요. 아이~ 김 사장님도, 맨 얼굴로 갈 수 있나요? 호호호호! 짧은 치마 입혀 보낼 테니까 걱정 마시고 술 한잔하고 계세요. 네네. 호호호! 네네. 생각해 볼게요."

하루는 통화 중이었다.

반갑게 눈인사를 하면서 손을 들어 잠시만 기다려 달라는 제스처를 취한다.

"잠깐만. 아가씨한테 한 통화만 할게."

"괜찮으니 천천히 일 봐."

소파에 앉아 10분 정도 기다리자 통화를 마친 하루가 맞은편에 앉는다.

"바쁘네?"

"이젠 거의 끝났어. 한데 여자가 필요해서 온 건 아닌 것 같고… 웬일이야?"

"이거 오랜만에 왔다고 너무 사무적이군. 마실 거라도 한 잔 줘야 하는 거 아냐?"

"날 찬 남자가 뭐가 예쁘다고."

말은 그렇게 하면서도 냉장고에서 맥주를 꺼내와 던져준다.

"잘 지냈어?"

"그게 걱정이면 간혹 오든가."

"까칠하긴."

"그게 내 천성인데 어떻게 해. 네 소식은 간혹 듣고 있어. 신수호지 뭔지 박살을 내버렸다면서?"

"홋! 그런 말은 누구한테 들었냐?"

"있어……."

미련만큼 미련스러운 것도 없다.

한데 눈이 흔들리는 하루는 아직까지 미련이 남은 듯 보였다.

그러나 내가 알기를 바라지 않는 모습이었기에 모른 척하며 방문한 목적을 그녀에게 건넨다.

"뭐야?"

"안경 껴야 하는 거 아냐?"

"통장과 도장이라는 건 알아. 이걸 왜 나한테 주는지 묻는 거 아냐."

"아가씨들에 대한 내 몫을 관리하는 통장이야. 이젠 네가 가져."

"……."

"통장엔 한 푼도 없어. 몽땅 청소년 쉼터로 보내버렸거든."

하루는 맥주병을 입으로 가져가다 얼어붙은 듯 멈춰 있었다.

"다른 사장들한텐 얘기하지 않는 게 좋을 거야. 네 몫이 많아졌다는 걸 알면 욕심이 생길 테니까. 그리고…"

"떠나는 거야?"

맥주를 내려놓으며 묻는 하루의 얼굴에 씁쓸함이 자리하고 있었다.

어떻게 말해야 할지 잠깐 고민했다. 하지만 하루를 위해서라도 사실을 말해줘야 했다.

"…응."

"갑자기 왜?"

"할 일이 있거든."

"위험한 일인가 보구나?"

"하하! 내가 하는 일이 다 그렇지."

"…내가 따라갈 순 없겠지?"

다시 한 번 대시를 하는 하루.

사랑에 대해 여전히 잘 모르지만 지금 하루가 얼마나 많은
용기를 내어 하는 말인지 그녀의 표정에서 충분히 전해졌다.

그러나 질질 끄는 건 날 사랑해준 그녀에 대한 예의가 아니
었고, 도움도 되지 않았다.

"안 돼."

"…나쁜 새끼, 인정사정없구나. 그래서 널 좋아하게 된 거
지만 말이야."

"너만을 위해주는 좋은 남자가 나타날 거야."

"주변에 깡패 새끼들 밖에 없는데 잘도 그러겠다. 좋은 남
자 못 만나면 네가 책임져."

슬픈 얼굴로 억지로 미소를 지으려는 하루를 보니 더 이상
있을 수가 없었다.

"어려운 일 생기면 불곰파에 얘기하면 될 거야. 잘 지내.
그동안 고마웠다."

"언제 다시 올 거야?"

"……."

"마지막으로 …한 번만 안아주면 안 돼?"

"미안."

난 소파에 앉아 고개를 숙인 채 있는 그녀의 머리를 쓰다듬어주곤 하루의 사무실을 나왔다.

와장창!

뭔가가 부서지는 소리가 들리고 흐느낌 또렷이 들렸지만 걸음을 멈추지 않았다.

섬에 있을 때 '주변 사람들과 작별인사라도 하게 해줬으면 내 발로 섬에 들어왔을 텐데' 라는 생각을 했었다.

한데 지금 생각하니 그건 오산이었다.

*　　　　*　　　　*

"몇 시에 도착이죠?"

"3시에 인천국제공항으로 들어올 거야."

"형이 마중가야 하니 서둘러야겠군요."

"그렇지. 한데 어떻게 처리할지 결정했어?"

아직까지 두 가지 방법 중 어떤 걸 선택할지 고민 중이었다.

첫 번째 방법은 조용한 곳에서 처리하는 것인데 눈치가 빠른 사람이 있다면 유인해야 하는 봉구 형이 위험해질 가능성이 높았다.

두 번째 방법은 공개된 곳에서 처리하는 것인데 잘못되면 일반인들이 다칠 수 있었다.

그러다 어제 해윤이와 데이트를 했던 곳이 번뜩하고 생각났다.

"결정했어요."

"어디서 처리할지 얘기라도 들어보자."

"그곳은……."

누가 들을세라 봉구 형에게 귓속말로 속삭였다.

"미, 미쳤어! 일반인들이 다치면 어쩌려고."

"걱정 마세요. 오히려 쉽게 해결할 수 있으니까요."

"어떻게?"

생각은 조금 전에 떠올랐지만 장소가 정해지자 순식간에 계획이 떠올랐고, 봉구 형에게 말하면 완성되어 간다.

"…그리고 끝으로 형은 뛰어내리면 돼요."

"잘못하면 얼어 죽겠군."

"마음에 안 들면 총 맞아 죽든가요."

"하여간 말하는 싸가지 하곤… 한데 네가 위험하진 않겠냐?"

"위험하면 도망치면 되니까 걱정 마세요."

"미친놈! 그럼 그렇게 알고 있으마. 혹시 바뀌는 것 있으면 메시지 보내."

"그러죠."

"한데 우니완 얘기해 봤어?"

나가려던 봉구 형은 멈춰 서서 우니에 대해 묻는다.

"아직요."

며칠 전, 우니에게 중국으로 가는 것에 대해 말을 했다. 그때부터 그녀는 말은커녕 시선조차 맞추지 않고 있었다.

"형이 잘 다독여 주세요."

"에휴~ 친남매 간도 아닌데 고집은 둘 다 똑같다니까. 난 모르겠다, 알아서 해라. 간다."

"혹 눈치챘다 싶으면 계획은 신경 쓰지 말고 도망치세요."

"그럴 생각이었다."

봉구 형은 그렇게 현무단을 맞기 위해 공항으로 떠났고, 난 우니와 대화를 해볼까 고민을 해보지만 뭐라고 말해야 할지 몰라 포기를 해야 했다.

타인과 다르게 가족과의 이별은 마음처럼 쉽지가 않았다.

"고집불통들!"

공항으로 가는 길에 무찬과 우니를 생각한 리봉구는 나지막이 외친다.

그가 보기엔 대화만 해도 해결될 문제였지만 두 사람은 도통 대화할 생각을 안 했다.

무찬의 변덕으로 리봉구 역시 중국으로 갈 예정이었지만 혼자 남는 우니를 위해 리봉구는 천천히 합류를 하고 중국과 한국을 오가기로 최종 결정되었다.

14일 디오네와 제시카가, 15일 무찬이 떠나고 나면 우니의 히스테리가 자신에게 폭발할 것이 분명했다.

그래서 가급적 좋게 해결하고 떠나길 바랐건만 바람으로만 남을 가능성이 높았다.

"에이~ 모르겠다! 지금은 현무단에 집중하자!"

A급 섬을 파괴하고 다닐 때만 하더라도 현무단의 조단성쯤이야 마음만 먹으면 없앨 수 있다고 생각했다.

그러나 단전을 만들고 수준이 높아지니 과거 조단성의 움직임에 전혀 빈틈이 없었음을 깨닫게 되었다.

조단성보다 아래라곤 하지만 스무 명이 넘는 인원과 계획 당일까지 같이 지내야 하니 조심, 또 조심해야 했다.

공항에 도착해 예약해둔 관광버스가 와 있는지 확인을 하고 비행기가 도착하길 기다린다.

3시.

전광판에 도착이라는 글이 찍히고 잠시 후 상하이행 비행기의 승객들이 나오기 시작한다.

'저들이군.'

'상해전자 생산부 직원 환영'이라 적힌 푯말을 들 필요도 없다.

한눈에 봐도 현무단이라 알 수 있을 만큼 날카로운 예기가
서 있었다.

'저 정도라면…….'

한편으로는 예기는 날카로웠지만 그걸 숨길 수준은 되지
못한다는 점에 약간의 실망감도 들었다.

과거라면 힘들겠지만 지금이라면 한꺼번에만 붙지 않으면
무찬이 아닌 자신이라도 처리할 수 있는 수준이었다.

'그냥 으슥한 곳으로 가서…….'

"당신이 리봉군가?"

"……!"

선글라스에 다른 현무단과 다르게 캐주얼 하얀색 정장을
입은 사내가 어깨를 두르며 묻는다.

리봉구는 깜짝 놀랐다.

그가 다가오는 것도 어깨를 두르는 것도 말을 듣고 나서야
깨달을 정도로 사내의 움직임은 은밀했다.

"누, 누구쇼?"

"우리를 마중나온 게 아닌가?"

묻는 의도와 다르게 말을 하는 제갈호였지만 리봉구는 다
시 묻지 못하고 그의 질문에 답한다.

"맞소."

"그럼 얼른 가자고. 한국 아가씨들이 예쁘다는 소리는 많
이 들었는데 맛은 어떨지… 크하하하핫! 어서 가자고."

"그, 그럽시다."

'뭐, 이런 놈이 다 있지?'

리봉구는 어이없어 하면서 무찬처럼 짐작조차 되지 않는 강함을 제갈호에게서 느낄 수 있었다.

"리봉구, 빨리 가자니까."

'리봉구?'

아까는 갑자기 접근해와 놀라서 말을 하진 못했지만 지금은 참을 수가 없었다.

"날… 리봉구라 부르지……."

"뭐?"

제갈호의 한쪽 눈썹이 치켜 올라간다.

순간적으로 냉각되는 공기에 말하던 리봉구는 움찔할 수밖에 없었다.

하지만 여기서 밀릴 수는 없는 법.

눈을 부릅뜨며 말을 이었다.

"…마시고 보, 봉구 리라고 불러주십쇼."

…….

목숨을 아끼지 않았던 과거의 리봉구는 이미 사라진지 오래였다.

"봉구 리? 서양식인가?"

"하하……. 그렇죠."

"뭐 그러지. 한데 봉구 리라. 조금 이상하군."

'봉구리, 봉구리' 라 중얼거리면서 제갈호는 리봉구를 끌다시피 공항 밖으로 향한다.

  관광버스는 공항도로를 빠르게 달려 서울로 향한다.

  리봉구는 자신의 차를 타려고 했지만 제갈호에 의해 강제로 버스를 타야 했다.

  창밖을 보는 리봉구의 마음이 급해졌다.

  엄청난 실력자가 왔음을 무찬에게 알려야 하는데 제갈호가 옆에 딱 붙어 있어 메시지조차 보낼 틈이 없었다.

  "봉구리."

  "……."

  "봉구리!"

  "…말하슈."

  "말하는 싸가지 하곤. 브리핑 해봐."

  '네놈 싸가지가 더 개차반이거든! 내가 더 싸가지 없이 말해주마!'

  절대 내뱉을 수 없는 말을 속으로 투덜거렸지만 자리에서 일어났다.

  "여기서요?"

  브리핑이야 계획이 다 선 상태니 어렵지 않았다.

  하지만 관광버스 운전사가 들으면 곤란한 얘기였기에 고개로 운전사를 가리키며 물었다.

  "중국어니까 상관없잖아? 해봐."

"우리의 목표는 박무찬. 올해 22세로 한국대학교 1학년에 재학 중입니다. 현재 방학이라······."

"잠깐!"

"왜 그러슈··· 옵니까? 기본적인 건 생략할까요?"

라고 말하고,

'이런 쌍놈의 새끼가 누굴 놀리나?'

라고 생각한다.

"내가 브리핑하라는 건 목표물에 대한 것이 아니라 한국의 밤 문화에 대한 거다. 한국에서 오래 지냈는데 모르는 건 아니겠지?"

"······."

"난 필요 없는 놈은 살려두지 않는······."

"아~주 잘 압니다. 먼저 밤문화의 꽃이라고 할 수 있는 나이트클럽에 대해 말하자면 젊은 친구들이 주로 가는 곳을 '클럽'이라고 말하고 강남과 홍대에 많이 분포되어 있고, 나이 많은 사람들이 가는 곳을 '성인나이트'라 하는데 직장인들과 바람 난 아줌마들이 주 고객층입니다. 또한···(중략)··· 일정 비용을 내고 1시간 30분가량 아가씨들과 논 후 회포까지 푸는 곳이 요즘 가장 일반화된 곳입니다."

짝짝짝짝!

제갈호는 리봉구의 브리핑이 무척 마음에 드는지 박수를 친다.

"이제 보니 아주 훌륭한 친구군. 마음에 들어."

"가, 감사합니다."

"오늘 호텔에 도착하면 제일 먼저 어디로 데려갈 텐가?"

"목표물에 대한 것은?"

"천천히 하자고. 일단 한국에 왔으니 한 이틀 회포를 풀어야 하지 않겠어? 안 그래?"

"일의 효율을 위해 당연히 그래야죠!"

'닝기미 성격하곤!'

방금 좋아했다가 금세 살기를 줄줄이 날리는 제갈호의 변죽에 리봉구는 적응이 빨랐다.

"일단 도착과 함께 식사를 한 후, 호텔 밑에 있는 나이트클럽에 갑니다. 물(?)을 확인한 후 부킹을 해보고 실패하면 남산 밑에 있는 단란주점으로 옮겨 회포를 푸는 게 어떠신지……."

"오늘 스케줄로는 적당한 것 같군. 봉구리?"

"예?"

"넌 일이 끝날 때까지 내 옆에 꼭 붙어 있어. 그리고 매일 일과를 짜서 보고하는 거 잊지 말고."

"무, 물론입니다."

제갈호를 보면 관광을 온 건지, 일을 하러 온 건지 애매했다.

그러나 간혹 보이는 섬뜩한 눈빛은 오금을 찌릿찌릿하게

만들고, 대충 앉아 있는 것 같아도 빈틈없는 자세는 대적할
생각을 못하게 만들었다.

"봉구리! 커피는 없나?"

차를 잠시 세우고 커피를 대령한다.

"봉구리! 담배가 떨어졌다."

"……."

"봉구리! 배가 출출하다."

"봉구리! ……."

"봉구리!"

…….

호텔에 도착하기 전 리봉구는 다크서클이 무릎까지 내려
왔다.

"봉구리! 브리핑."

"잠깐만 기다려요."

리봉구는 술을 깨기 위해 냉장고를 열어 시원한 물을 들이
켠다.

"아으~ 시원하다."

제갈호의 살기가 뒤통수에 느껴졌지만 개의치 않고 세수
와 머리를 한 뒤에야 그의 앞에 섰다.

"개기냐?"

"새벽까지 단란주점을 세 탕씩이나 뛰고, 두 시간 전에야

겨우 잠들었수. 한데 아침부터 브리핑이라니. 제갈님이야 체력이 남아돌겠지만 난 없수다."

"네가 죽고 싶은 게로구나."

"안 그래도 머리와 속 쓰려 죽겠소."

"쓰읍!"

"12월 14일, 오늘 일과를 브리핑 하겠습니다."

제갈호는 도착 첫날부터 술을 마시고 계집질을 시작했다. 그리고 이튿날인 어제도 클럽과 단란주점 순회를 하다 보니 눈치 빠른 리봉구는 제갈호의 성격을 파악할 수 있었다.

살기를 날리는 건 그냥 일상적인 상태.

개기냐, 엉기냐, 까부냐 등과 비슷한 말이 나오면 살짝 기분이 상했다는 것.

죽을래, 죽고 싶냐 등 죽음이라는 단어가 나오면 폭발 직전이니 조심해라 정도.

마지막으로 입꼬리가 올라가며 바람 새는 소리를 내면 더 이상 개기면 진짜 죽는다는 의미임을 알게 되었다.

그래서 그 성격을 어느 정도 이용하며 지내고 있었다.

"오전에는 경복궁 탐방을 하고 점심 식사는 속을 풀 수 있는 해장국으로 먹을 계획입니다. 점심 식사 후, 실내 수영장에서 예쁜 언니들 몸매보기. 그곳에서 5시 정도에 나와서 저녁식사 후 오늘은 강동의 클럽과 단란주점 정복을 하면 됩니다."

이상하지 않은가.

오늘이 12월 14일이니 리봉구는 오늘 밤 자정, 즉 12월 15일 00시까지 현무단을 데리고 계획 장소까지 가야 했다.

한데 그는 계획엔 전혀 관심이 없는 듯 브리핑을 하고 있었다.

"훌륭한 계획이야. 근데 오늘은 그거 말고 박무찬에 대해 브리핑 해봐."

"어느 장단에 춤을 춰야 할지 모르겠네. 변죽도 참……."

"쯧!"

"알았습니다. 목표인 박무찬은……."

리봉구는 박무찬의 신상명세와 최근의 움직임에 대해 자세히 설명을 했다.

"우리가 놈을 칠 만한 곳은?"

"그건 알아봐야죠."

"생각이 있었을 거 아냐!"

"이틀간 제갈님과 있었는데 무슨 생각이 있어요?"

리봉구는 제갈호가 자신을 의심하고 있다는 걸 느끼고 있었다.

계획된 장소를 어설프게 뱉는 순간 심장에 칼이 꽂힐 것이라는 생각에 계획에 대해선 일언반구도 하지 않고 관심도 없다는 듯 행동하고 있었다.

"그래? 그럼 놈을 언제쯤 치는 게 좋을까?"

"그것도 알아봐야죠. 한데 그건 제갈님이 결정하실 것 아닙니까? 뭐, 정 알아오라고 하면 한 이틀만 시간을 주십시오."

목숨이 위태로울 것 같으면 계획을 취소하고 몸을 사리라는 얘기가 있었기에 계획을 염두에 두지 않고 말을 했다.

"딴엔 그렇군."

"알아올까요?"

"됐어. 일단 푹 쉬라고."

"고맙수. 안 그래도 졸렸는데. 아하하하함~"

하품을 늘어지게 하고 자신의 방으로 들어간 리봉구는 피곤했는지 금세 잠들었다.

리봉구의 기척까지 살피던 제갈호는 나지막이 중얼거린다.

"변심은 없었나?"

중국에서 한국으로 오면서 안내자 리봉구에 대해 들었을 때, 그가 변심을 했을 가능성에 대해 의심을 하지 않을 수 없었다.

베트남 킬러들이 너무 어이없이 죽었다는 것과 리봉구만 유독 살아 있는 것 또한 의심이 되었었다.

그래서 도착과 함께 항상 자신의 시선 안에 두고 관찰을 했다.

박무찬을 감시하고 계획 장소를 물색하는 것은 현무단에게 맡겨놓아도 충분했기 때문이다.

그가 리봉구와 술을 마시고 있을 때 현무단원들은 박무찬을 감시하고 있었다.

그리고 어제 박무찬이 여자 친구 생일파티를 위해 한강유람선 전체를 빌린 것을 보고해 왔다.

보고를 받은 후 그곳을 실행 장소로 잡기로 했는데 일이 너무 술술 풀리는 것 같아 몇 가지 조사를 더 시켰고, 리봉구도 슬쩍 떠본 것이다.

우웅~

스마트폰이 진동해 확인한다.

현무단원들이 박무찬에 대한 조사내용을 그때, 그때 메시지로 보낸 것이다.

[여자 친구: 노해윤. 생일: 12월 14일.]

[대량으로 꽃 주문. 기념일 케익 주문.]

[이벤트 업체 섭외. 연주회 및 마술쇼 예약.]

…….

계속해서 들어오는 메시지 내용은 함정이 아니라고 말하고 있었다.

제갈호는 잠시 고민하다 스마트폰으로 글을 작성한 후 '전송'을 누른다.

[2명을 제외하고 12시까지 복귀할 것. 오늘 밤 계획 실행 예정.]

7장

이별 이야기

"생일 축하해, 해윤아."

"고마워, 무찬아."

해윤에게 꽃다발을 건넨다.

"험험!"

지극히 낭만스러워야 할 순간임에도 꽃다발을 건네는 나도, 받는 해윤도 어색하기만 하다.

물론, 자신이 옆에 있다며 나오지도 않는 억지 기침을 하는 노찬성 회장 때문이기도 했지만 장소가 해윤이네 집 마당이라는 것이 결정적이었다.

물론 그보다 더 근본적인 이유는 해윤이 평소완 달리 가방을 맨 것이지만 말이다.

"출근 안 하십니까?"

"오늘은 바쁜 일이 있어서 조금 늦게 할 생각이네."

"그럼 저희가 먼저 나가겠습니다."

"허엄! 차라도 한잔하고 가지 그러나."

"예약해둔 영화가 있어서……."

"그야 한 회 미루면 될 일 아닌가?"

"예약해둔 음식점이 있어서……."

"그것도 같이 미루면 되겠……."

"아빠! 오늘 갑자기 왜 이러시는 거예요?"

노찬성 회장의 행동이 이상하다고 생각했는지 해윤이 말을 자르며 빽 소리를 지른다.

진정 모르겠단 말이냐, 이 돌탱아!

노찬성 회장이 지금 이러는 이유를 모르는 사람은 오직 해윤이밖에 없었다.

나도, 노찬성 회장도, 심지어 주변에 있는 경호원들도 다 아는 일이었다.

'나 오늘 외박해요'라고 적힌 듯한 백팩을 떡하니 매고 있으니 누가 모르겠는가?

"헛헛헛! 그냥 박 군이랑 잠깐 얘기나 하려는 거지."

만능일 것 같던 노찬성 회장도 연기력은 빵점이었다.

"오늘은 안 돼요. 얘기는 다음에 하세요. 가자, 무찬아."

"그래."

"처, 천천히 가래도."

내 손을 잡아끌며 해윤이 대문으로 향하자 노찬성 회장은 어쩔 줄은 모른다.

"일찍 들어오고!"

결국 대세가 기울었다는 걸 느꼈는지 일찍 들어오라며 소리친다.

해윤은 뒤도 안 돌아보고 무시했다.

하지만 난 인사라도 하려고 고개를 돌렸다. 그랬더니 엄지손가락으로 목을 긋는 시늉을 하는 노 회장의 모습이 들어왔다.

하여간 못 말리는 양반이다.

"가방은 뒷좌석에 둬."

"으응……"

가방 얘기만 해도 얼굴이 빨개지는 애가 매고 올 생각은 어떻게 했는지 모르겠다.

"내가 왜 가방을 가져왔는지 알아?"

응, 알아. 나도, 너희 아버지도, 경호원들도.

"글쎄?"

"오, 오늘 내가… 성년이 되는 날이잖아. 여름에 한 약속 기억해?"

"기억하고 있어."

난 사족은 붙이지 않고 알고 있음을 정확히 얘기했다.

"그럼……?"

"응! 나도 좋아."

석류만큼 붉어진 해윤은 쑥스러워 고개를 푹 숙인다.

오전부터 밤에 있을 일을 생각하는 건 피곤한 일이다. 그래서 짧은 말로 서로의 마음을 확인한 우리는 영화관으로 향했다.

"…그래서 안 간다고 했어. 그랬더니 아빠가 뭐라고 했는지 알아?"

"뭐라고 하셨는데?"

"너도 갈 거래, 정말이야?"

"아니."

"이럴 줄 알았어. 아빤 다 좋은데 너무 독단적이라니까. 다른 사람 생각도 좀 해주면 좋은 텐데……. 뭐 그게 아빠의 매력이긴 하지만 말이야. 그리고 또 어제 무슨 일이 있었는지 알아? 무슨 일이 있었냐 하면……."

해윤이 수다스럽다고 느낀 적이 많았다.

아무 의미 없고 목적 없는 일상적인 얘기를 재미있다는 듯, 중요한 얘기라는 듯 말하곤 했다.

주로 듣는 편인 내 입장에선 지루할 때도 있었다.

한데 지난 나흘 동안 난 단 한마디도 놓치지 않고 듣고 있었다.

그녀의 말은 더 이상 수다스럽지 않고 사랑스러웠고, 지루하지 않고 즐거웠다.

그리고 이야기 할 때 웃고, 슬퍼하고, 찡그리고, 의아해 하고, 심각해 하는 모든 표정과 동작들을 머리에 새긴다.

오늘은 해윤의 생일이자, 우리가 헤어지는 날.

물론 헤어진다는 표현은 맞지 않았다.

정확하게 그녀의 기억 속에 있는 나라는 존재를 깨끗이 지우는 날이었다.

"…호호호호!"

"하하."

방금 전까지 사랑하던 사람이 날 그저 친구로 알고, 추억을 기억하지 못하면 어떤 기분일까?

괜찮을 거라, 그저 서운할 거라 생각했지만 마음먹은 지금 벌써 가슴이 아프다.

기억을 잊지 않고 언제든지 꺼내볼 수 있는 능력은 이런 경우 저주에 가까울 것이다.

그럼에도 난 해윤을 눈에 담고 있다.

그대로 놔두면 오늘도 하루 종일 떠들 해윤의 말을 이제는 막아야 할 때였다.

"준비한 선물… 이 있는데 이제 일어날까?"

"…으, 웅!"

영화를 보고, 점심을 먹고, 실내 스케이트장에 가 함께 스케이트를 탄 후 따뜻한 차로 몸을 녹이던 우리는 근처에 예약해둔 호텔로 갔다.

지금까지 활달하던 해윤은 호텔에 들어서자 어깨를 좁히고 쭈뼛거린다.

그러니 자연스럽게 사람들의 시선이 하나둘 그녀를 향했고, 그럴수록 어깨는 더욱 작아진다.

그런 해윤이 귀엽기도 하고 웃기기도 해 손을 잡고 귀에 속삭였다.

"호텔이 처음도 아닌 애가 왜 그래? 어깨 펴."

"…나, 나 처음이야!"

목소리가 너무 컸다.

로비에 있던 사람들의 시선이 온전히 우리를 향한다.

나를 보는 남자들의 눈에 부러움이 가득한 건 나만의 착각일까?

"바보. 그런 의미가 아니잖아. 어쨌든 들어가자."

카운터에서 키를 받고, 예약된 방으로 올라왔다.

"긴장 풀고 잠깐 앉아 있어."

잔뜩 긴장한 해윤을 소파에 앉혀 두고 옆방으로 간다.

"……"

둘만 있으면 좀 괜찮아질까 했는데 방으로 들어온 그녀는 마치 어색한 90년대 로버트처럼 움직인다.

"한 모금 해. 분위기 잡으려고 준비한 건데 일단 긴장부터 풀자. 하하!"

샴페인을 가지러 간 사이에 해윤은 가방을 맨 채로 아까 앉혀둔 자세 그대로 있었다.

그 모습에 결국 웃음이 터졌다.

"너, 너 굉장히 익숙해 보인다?"

"하하! 여러 번 와 봤으니까."

"그, 그 말은……."

"오해하지 마. 여자랑 같이 왔다는 소리는 아니니까. 너도 간혹 차나 밥 먹으러 오잖아, 안 그래?"

"이익!"

여자랑도 자기 위해 많이 와봤지만 그걸 말할 만큼 어리석진 않았다.

"아무래도 수상해! 빨랑 불어!"

"후우~"

"장난치지 말고. 빨리 불지 못해?"

"아악! 살려줘."

옆구리의 살을 잡고 비트는 그녀의 손길은 엄청 매서웠다.

"이젠 좀 긴장 풀렸어?"

"긴장뿐만 아니라 분노의 빗장도 풀렸다!"

"하하! 다행이다. 한잔 더 줄까?"

"흥!"

한 잔 더 마신 해윤은 긴장이 완전히 풀렸는지 매고 있던 가방을 소파 한쪽에 내려놓고 패딩 코트를 벗는다.

그리고 하는 말.

"아까 한 말의 진실을 알 때까진 소, 손도 대지 마!"

"품! 12시가 지나기 전까진 아무 짓도 안 할 테니 걱정 마세요."

"이익! 분해!"

"하하하하! 일단 저쪽 방으로 옮길래?"

"싫어!"

역시 놀리는 재미가 있는 애다.

거실에서 좀 더 장난을 치던 우리는 샴페인을 가지고 왔던 방으로 들어갔다.

"우와!"

붉은 장미와 색색 깔의 꽃으로 장식된 방의 가운데 식탁 위에 하트 모양의 케이크가 놓여 있었고, 천정에는 하트 모양의 풍선이 떠 다녔다.

난 케이크에 불을 붙이고 그걸 들고 여전히 놀란 표정으로 입구에 서 있는 해윤이 앞으로 다가갔다.

"생일 축하합니다~ 생일 축하합니다~ …사랑하는 해윤이의 생일 축하합니다!"

닭살이 돋는 순간이었다.

워낙 최면에 잘 걸렸지만 오늘은 해윤이의 마음속 빗장까지 완전히 풀어놔야 했다.

"생일 축하해, 해윤아!"

"으, 응……."

"소원을 빌고 촛불을 꺼."

"후우욱~"

잠깐 눈을 감고 소원을 빈 그녀는 단번에 촛불을 끈다.

불이 꺼진 케이크를 놓고 옆에 놓여 있던 선물 상자를 건넸다.

"뭐야?"

"이건 생일 선물."

"바람둥이, 많이 준비했네? 참, 나도 준비한 거 있는데 잠깐만."

해윤은 거실로 나가더니 가방을 뒤져 내가 준비한 상자보다 조금 더 큰 상자를 들고 왔다.

"자!"

"네 생일인데 나한테 선물을 주면 어떻게 해?"

말은 이렇게 했지만 나쁜 기분은 아니었기에 고맙게 받기로 했다.

"같이 열어 보자."

"그래."

우리는 선물을 풀었다.

해윤이 나에게 선물한 것은 손바닥만 한 하트 모양의 은백

색 금속이었다.

금속의 중앙에는 'P♡N'이라는 글씨가 새겨져 있었다.

'무엇에 쓰는 물건이고?'

입 밖으로 꺼내지 못했던 궁금증은 곧 풀렸다.

"우리의 사랑이 변하지 말자는 의미에서 티타늄으로 만든 거야. 항상 내 생각하면서 심장 가까운 곳에 넣고 다녀. 내 것도 여기 있어."

자신의 가슴을 꼭꼭 찌르는 모습이 꽤나 자극적이다.

의미도 선물도 마음에 들었다.

특히, 위기의 순간엔 무기로 사용하기에 안성맞춤으로 보였다.

"고마워. 이제 너도 열어 봐."

포장은 풀었지만 자신의 선물에 대해 설명하느라 상자를 열지 못하고 있던 해윤이 선물 상자를 조심스레 열었다.

"와! 너무 예쁘다! 근데 너무 비싼 거 아냐?"

학생인 해윤이 끼고 다니기엔 비싼 팔찌였지만 잘 어울릴 것 같아 보자마자 산 것이다.

난 팔찌를 그녀의 왼쪽 팔에 채워주었다.

"고마워, 무찬아!"

해윤은 품 안으로 들어오며 꼭 안긴다.

"선물 마음에 들어?"

"응! 마음에 들어. 한데 그거 알아?"

품에 안긴 채 고개만 치켜 올리며 말하는 해윤은 사랑스러움 그 자체였다.

"뭘?"

"사랑… 한다고 처음 말한 거."

"……"

"비록 노래에 들어간 말이지만 너무 기뻐. 내가 준비한 것도 좋은데 그것보다 그 말 한마디가 백배는 더 기뻐!"

그러고 보니 언제나 이별을 준비하고 하고 있어서 그랬는지 단 한 번도 사랑한다고 말한 적이 없었다.

갑자기 심장에 두근댄다.

한국을 떠나기 싫어졌다. 아니, 정확하게 해윤의 곁을 떠나기 싫어졌다.

난 해윤을 물끄러미 바라보다 그녀의 얼굴로 다가갔고 그녀는 의미를 알곤 살며시 눈을 감는다.

촉촉한 입술이 느껴졌고, 부드러운 향기가 스며든다.

장미향이 가득한 방에서의 뜨거운 키스는 정신을 몽롱하게 만들고 몸을 닳아 오르게 만들었다.

키스는 오랫동안 계속된다.

지금 이 순간이 멈춰 영원했음을 바라지만 그건 바람일 뿐이라는 걸 잘 알고 있었다.

입이 떨어진다.

"하아… 아, 안아 줄래?"

붉게 상기된 해윤은 아기 같은 얼굴이 아닌 숙녀의 얼굴로 나를 원하고 있었다.

"사랑해, 해윤아……."

해윤의 눈을 똑바로 바라보며 말했다.

"나도 사랑해, 무찬아."

해윤 또한 내 눈을 바라본다. 사랑한다는 말을 들은 해윤은 환하게 웃는다.

주룩!

내 눈에서 무언가 흘러내린다.

"어? 무찬아, 왜 우는……."

해윤의 말은 끝까지 이어지지 않았다.

나를 바라보며 맑게 빛나던 눈은 어느새 몽롱해져 있었고, 내 눈물을 닦으려던 손은 서서히 아래로 떨어졌다.

해윤은 최면상태가 되었다.

"사랑한다… 해윤아……."

그런 해윤을 붙잡고 지금까지 하지 못하고 쌓아뒀던 말을 몇 번이고 반복한다.

*　　　*　　　*

세상은 어두워졌고, 서울의 밤이 네온사인으로 깨어났을 때, 격정적으로 움직이던 마음이 다시 차갑게 가라앉았다.

창밖을 보던 시선을 안으로 돌리자 침대에 죽은 듯이 누워 있는 해윤이 보인다.

이젠 그녀의 머릿속의 나를 지울 때였다.

"내 목소리 들려?"

"…응."

"그럼… 네가 나에게 고백하던 때로 돌아가자."

약간의 망설임이 있었지만 난 해윤을 과거로 데리고 간다.

*　　　*　　　*

"나쁜 놈아, 치사하고 더러워서 내가 먼저 말한다. 사귀자!"

해윤은 여자의 최소한의 자존심을 생각하지 않는 무찬에게 화가 났지만 좋아하는 마음이 컸기에 결국 소리치며 고백을 한다.

한데 당연히 '그러자'라는 말이 나올 줄 알았던 그의 입에선 전혀 엉뚱한 말이 흘러나왔다.

"미안해, 해윤아."

"……."

갑자기 세상이 멈춘다.

아무것도 보이지 않고 이명 속에서 미안하다는 말만 계속 반복된다.

그리고 잠시 후 현실로 돌아온다.

울음소리를 막느라 올린 손이 파르르 떨리고 있었고, 폭포수처럼 눈물이 흘러넘친다.

좋아하는 사람에게 차인 것이다.

"네가 싫은 건 아냐. 다만 지금 여자 친구가 있어서 그래."

"여, 여자 친구?"

"그래, 너도 본적이 있을 거야. 하루라고."

해윤은 뭔가 이상한 느낌을 받았다.

기억은 분명 무찬에게 여자 친구가 없다고 말했다.

하지만 지금은 고백을 거절당한 것에 슬픔이 너무 컸고, 잠시 후 하루라는 여자가 떠올랐기에 이상함은 무시했다.

하루는 여자인 자신이 생각해도 세련되고 매력적인 여자였다.

"해윤아, 우리 여전히 친구지?"

"그, 그래."

무찬은 다시 한 번 미안하며 가버렸고, 해윤은 어떻게 집으로 돌아왔는지 모르게 도착해 자신의 방에서 울고, 또 울었다.

해윤의 첫사랑은 그렇게 끝이 났다.

*　　　　*　　　　*

한바탕 실컷 울어서인지 같은 과, 같은 동아리 친구여서 인지 몰라도 동아리실에 둘만 같이 있는 것이 전혀 어색하지 않았다.

"얘들아! 대박 소식……."

한태국 선배와 황선동 선배가 동아리실에 들어오다 무찬과 자신을 보곤 중얼거렸다.

"이거 분위기 이상하네."

"아무래도 동아리실에 연애금지라는 푯말이라도 붙여야겠는데요?"

해윤은 고백했다 차인 것이 알려질까 발끈해 소리쳤다.

"아, 아무것도 안 했거든요!"

"해윤아, …지직! 지직!"

'뭐, 뭐지?'

묘한 현상이 일어났기에 한태국, 황선동 선배와 무찬을 돌아봤지만 그들은 아무것도 모르는 듯 보였다.

"해윤아, 무찬이 이놈 프로야, 프로. 여자 친구가 있는 놈이니까 정 주고 그러지 마라."

"근데 대박 소식이라니 무슨 말이에요?"

부끄러움에 당장이라도 뛰쳐나가고 싶었는데 무찬이 다행히 말을 돌려준다.

"우리, 스카우트 제의 받았다!"

"태국이 형은 내년 2월에 졸업과 동시에……."

*　　*　　*

시간이 약이라는 말은 틀리지 않았다.

아직 약간의 감정이 남아 있었지만 친구 이상의 감정은 들지 않았다.

"무찬아!"

'엉? 여긴 학교 산책로? 무슨 일로 무찬일 찾고 있었더라?'

박무찬을 찾고 있었지만 왜 찾는지 생각이 나지 않는다.

"꺄악!"

언덕에 거의 올라갔을 때 갑자기 무언가가 자신을 덮쳐오는 게 보였기에 비명을 질렀다.

덮쳐온 상대와 몇 바퀴 구르다 멈추는 느낌에 눈을 뜨니 무찬이 자신을 위에서 묘한 자세로 있었다.

지직!

또 이상한 느낌. 하지만 그것도 반복되니 아무렇지 않게 넘어간다.

"무, 무슨 짓이니?"

단추가 풀려 가슴이 3분의 1가량 나와 있었고 아래는 뭔가가 누르고 있었다.

"아! 미안."

"비, 비켜!"

해윤은 무서운 생각에 심장이 거칠게 뛰었다.

'그, 그렇게 안 봤는데……'

무찬은 순간 이성을 잃고 나쁜 짓(?)을 하려 했다가 이성을 되찾은 듯한 모습이었다.

자신을 일으켜 세운 후에 여기저기 털어주는데 몸에 닿을수록 기분은 점점 나빠졌다.

"옷이 필요하겠다. 옷 사줄게."

"됐거든!"

해윤은 빨리 이 자리를 벗어나고 싶을 뿐이었다.

*　　　*　　　*

그날 이후 무찬은 별다른 이상 행동이 없었기에 예전의 친구로 돌아왔다.

다만 약간의 거리감이 생긴 건 어쩔 수 없었다.

같은 동아리라 방학동안 같은 곳에서 일하게 되었다. 한데 휴가계획을 짜는데 산으로 가자는 팀과 바다로 가자는 팀이 나뉘었는데 산을 선택한 박무찬은 자신과 같이 가자고 제안을 했다.

그러나 해윤은 거절했다.

자신이 갈 곳은 이미 오래전에 정해져 있었다.

지직! 지직! 지직!

얼핏 얼핏 아빠가 경영하는 워터파크의 모습이 보인다.

한데 딱히 기억이 나질 않는 걸 보니 무척이나 재미없었나 보다.

'어? 누구랑 분명 같이 간 것 같은데? 누구지?'

지직! 지직! 지직!

'아! 아빠랑 작은 오빠랑 같이 갔었구나. 별장에서 같이 캠프파이어도 했었지.'

그리고 조카인 노지영과 다음 날 놀았던 것도 또렷이 기억났다.

다만 누군가가 옆에 있었던 것 같은데 그게 누군지는 도통 기억이 나지 않았다.

*　　*　　*

지지직! 지지지직!

"해윤아, 생일 축하해!"

"고마워."

"이건 선물."

지직! 지직!

박무찬의 선물은 티타늄으로 된 하트 모양의 액세서리(?)였다.

지직! 지직!

"우리 사이에 하트 모양이라니 좀 그렇지 않니?"

"하트가 꼭 사랑만을 뜻하진 않잖아? 우리 사이의 우정을 나타내는 거야."

"고, 고마워."

달갑지 않았지만 방학임에도 생일을 기억해 선물까지 준 성의를 생각하기로 했다.

"아! 이 팔찌가 작은 오빠가 해줬다는 그 팔찌구나?"

"응?"

무찬이 가리키는 왼손에 낯설지만 굉장히 중요하고 생각 드는 팔찌가 채워져 있었다.

"이야! 비싸 보이는데 부럽다. 작은 오빠가 무척이나 널 위하나 보다."

"으, 응."

분명 다른 의미의 팔찌인 것 같은데 그 의미가 생각나지 않았기에 작은 오빠인 노강윤이 해준 팔찌라고 자연스레 이해하게 된다.

지직! 지직! 지지직!

*   *   *

"해윤아! 해윤아!"

"…왜?"

"왜 그렇게 멍하니 있어?"

"아! 미안. 우리 어디까지 얘기했더라. 아아! 잠깐만."

해윤은 머리가 깨질듯이 아파 관자놀이 부근을 꾹꾹 눌렀다.

'여기가 어디지?'

두통을 참으며 한쪽 눈을 떠 주변을 살핀다.

몇 번 가족식사 때 와본 호텔 레스토랑이었고, 테이블 앞에는 생일 케이크와 무찬이 선물한 티타늄이 보였다.

"괜찮아? 많이 아파? 아픈데 불러서 미안하다."

"아니, 괜찮아. 할 얘기 있음 해."

"나 유학 가. 떠나기 전에 너 보고 가려고."

"유, 유학? 갑자기 왜?"

해윤은 깜짝 놀랐다.

무찬이 유학을 간다고 해서가 아니라 무찬의 말에 화들짝 놀라는 자신의 반응에 놀란 것이다.

"그렇게 됐다. 그래도 친구한테는 얘기하고 가야 할 것 같아서……."

"아아!"

무찬의 얼굴을 쳐다볼 수가 없었다. 흘낏 보기만 해도 머리가 깨질 듯이 아팠다.

"야, 안 되겠다. 이젠 할 얘기도 다 했으니 얼른 집에 들어가. 밑에 경호원 아저씨들이 기다리고 계신데 내가 너무 잡고 있었나 보다."

"미안. 언제 가니? 가기 전에 내가 저녁 쏠게."

"내 걱정 말고 얼른 가."

무찬은 떠밀 듯이 케이크와 선물을 챙겨 손에 쥐어준다.

'아, 안 돼! …뭐가 안 된다는 말이지?

혼란스러웠다.

두통 때문인지 현실이 현실 같지 않았다.

무찬의 부축을 받으며 지하주차장에 내려가자 경호원들이 차 시동을 걸어놓고 기다리고 있었다.

"들어가."

"오늘 고마웠어. 그리고 미안."

"괜찮아. …잘 살아."

"얘는 안 볼 사람처럼. 아아!"

해윤은 마지막으로 박무찬을 봤다.

착잡한 표정으로 자신을 바라보며 웃고 있는 박무찬을 보니 가슴이 아려왔다.

그리고 다시 찾아오는 두통에 결국 인사도 제대로 하지 못한다.

차창이 닫히고 차는 부드럽게 출발한다.

해윤은 마음이 다급해졌다.

머리가 깨질 것 같은 두통에도 자꾸 자꾸 멀어지는 무찬을 보게 된다.

*　　　*　　　*

　"잘 살아, 해윤아."

　두통이 심할 텐데도 몇 번이고 창 너머로 자신을 보는 해윤에게 중얼거렸다.

　그리고 그녀를 태운 차가 지하주차장에서 사라졌음에도 한동안 자리를 떠나지 못한다.

　최면은 성공적이었다.

　저주받은 기억력으로 그녀와 만난 때를 기억해서 해윤의 기억을 조작했다.

　조작이 거의 불가능했던 워터파크에서의 기억과 오늘 기억은 지워버린 부분이 더 많았다.

　내 얼굴을 보면 두통이 생기는 부작용이 생기긴 했지만 이젠 볼 일이 없으니 천천히 날 잊어갈 것이다.

　해윤을 태울 차를 보내달라고 전화를 했을 때 기록된 전화번호를 다시 눌렀다.

　ㅡ또 무슨 일인가?

　노찬성 회장이었다.

　"해윤이는 지금 출발했습니다."

　ㅡ난 오늘 자네의 행동을 이해할 수 없군.

　"이해하지 마시고 받아들이십시오."

―또다시 수수께끼 같은 말이군.

"회장님, 처음 제가 해윤이와 사귈 때를 기억하십니까?"

―기억하지. 자네가 크리스털처럼 조심히 다루다 나에게 넘겨주기로 하지 않았나?

"약속은 지켰습니다."

―그 말은······?

"이해하시는 그대롭니다. 건강하십시오."

―자, 잠깐······.

띠!

그날 노찬성 회장이 나에게 했던 그대로 난 더 이상 아무 말하지 않고 전화를 끊었다.

"이젠 마무리를 지으러 가야겠군."

따뜻한 심장이 뜯겨나가자 남은 건 차가운 심장밖에 남지 않았다.

오늘 난 이별을 했다.

8장

선상파티 Ⅰ

　"다녀왔습니다."

　멍한 표정으로 아침에 매고 간 가방을 그대로 둘러매고 들어오는 해윤을 본 노찬성 회장은 무찬과 통화를 생각하다 조심스레 말을 건다.

　"어서 오렴. 저녁은 먹었니?"

　"저녁요? …먹은 기억이 없네요."

　다소 멍해 보이는 걸 제외하곤 이상이 없어보였기에 무찬의 이름을 슬쩍 언급했다.

　"무찬 군과 안 먹었니?"

　"머리가 너무 아파 빨리 들어왔어요."

"그렇구나. 아주머니한테 밥 차려 놓으라 할 테니 씻고 내려오렴."

"알았어요."

자신의 방으로 가는 해윤을 물끄러미 바라보던 노찬성 회장은 도무지 이해할 수 없는 상황에 머리가 아플 지경이었다.

곰곰이 무찬과의 대화를 다시 되짚어본다.

첫 번째 전화가 온 것은 6시 30분 경, 다짜고짜 해윤이를 데려갈 차를 호텔로 보내달라고 해서 이유를 물었었다.

[이젠 친구 사이가 되었습니다.]

모른 척했지만 오늘 해윤이는 무찬과 밤을 지새울 생각으로 집을 나섰었다.

딸애가 시치미를 뚝 떼고 가는 상황이라 이러지도 저러지도 못한 채 속만 끓였는데 뜬금없이 친구가 되었다니 의아해할 수밖에 없었다.

그래서 헤어진 건지 물어보았다.

[아뇨. 사귄 적이 없었습니다. 꼭 그렇게 알고 계셔야 합니다.]

또 이건 무슨 개떡 같은 말이란 말인가?

간혹 무찬과의 결혼 얘기를 할 때마다 억장이 무너지는 듯했는데 사귀는 게 아니라니.

"엄만 어디 가셨어요?"

해윤이가 씻고 내려와서 잠시 생각을 멈춰야 했다.

"재단 행사 때문에 조금 있다 들어온다더구나."

"네."

항상 밝은 아이였고, 특히나 무찬과 만나고 오면 있었던 일 하나하나를 얘기하며 얼마나 즐거워했든가.

소파에 앉아 TV에 시선을 둔 채 굳은 표정으로 있는 해윤을 보자니 왠지 그가 안절부절 못하게 된다.

"무찬이가 뭐라 하드냐?"

"생일 축하한대요. 그리고 유학간대요."

"유학? 어디로? 언제?"

"모르겠어요."

"무찬이가 유학 간다는데 괜찮니?"

"무찬이 말고도 유학 가는 애들이 꽤 많아요."

"……!"

노찬성 회장은 해윤과 대화를 해본 후에야 비로소 박무찬의 말이 조금 이해가 되었다.

'박무찬, 내 딸에게 무슨 짓을 한 거냐?'

노찬성 회장은 무찬이 말한 것과 해윤의 상태를 보고 몇 가지 가설을 세웠고, 곧 가설들을 모아 한 가지 결론을 내린다.

"저녁 다 됐나 보다."

"갑자기 생각이 없어졌어요."

"아빠가 옆에 있을 테니 몇 술이라도 뜨려무나."

"네."

두 부녀는 식탁으로 자리를 옮긴다.

"……."

해윤은 옆에 사람이 보기에도 맛있다고 느껴질 정도로 맛있게 먹었다.

무찬을 만나고 다이어트에 신경을 쓰기 전엔 보기만 해도 배부를 정도였다.

한데 오늘은 젓가락으로 밥알을 세고 있었다.

조금 지나자 그마저도 멈추고 멍하니 밥그릇만 바라본다.

"…아빠."

"응?"

"오늘 참 이상해요."

"뭐가?"

"오늘 엄청 중요한 일이 있었던 것 같아요. 한데 아무리 생각해도 그게 뭔지 생각나지 않아요."

"으음, 나도 간혹 그런 적이 있단다. 중요한 업무가 있다고 생각했는데 기억이 안 나서 회사를 발칵 뒤집은 적도 있었단다. 한데 나중에 보니 아무 일도 아니었단다."

"그래요? 정말 아무 일도 아니겠죠."

"그럴 게다. 분명 그럴 거야."

식탁은 다시 조용해졌다.

하지만 그것도 잠시 해윤이 다시 입을 열었다.

"아빠……."

"왜 그러냐?"

"저 오늘 뭐했어요?"

"…무찬일 만나러 갔었잖아?"

"아뇨. 아침부터 저녁까지요."

"……."

"아무런 생각이 나지 않아요. 아주 소중한 걸 한 것 같은데 말이죠. 웃기는 건 아까 방에 가서 매고 있던 가방을 열었어요. 한데… 거기에 속옷이 있었어요. 어디 여행이라도 가려 했던 걸까요?"

노찬성 회장도 예상했던 것이었기에 재빨리 머리를 굴려 말을 했다.

"아! 생각났다. 친구들과 여행가기로 했지 않았니? 그러다 취소된 것 되었다고 한 것 같던데……."

"친구… 누구요?"

"혜련이었나? 듣긴 했는데 기억이 안 나는구나."

"…저도 기억에 없네요. 그런데요……."

노찬성 회장은 해윤이 무슨 말을 할지 겁이 났다.

그가 생각하기엔 무찬은 무슨 수를 썼는지 해윤의 기억을 지우고 조작했다고 추측하고 있었다.

설령 그렇게 했다고 해서 해윤의 머리가 나빠지는 건 아니었다.

미숙아로 태어나 체격이 작아서 그렇지 누구보다 똑똑한

아이였다.

"피임약이 있었어요."

"그게 무슨……?"

"저한테 남자가 있었나요? 그렇지 않다면 오늘 일은 도무지 설명할 수가 없어요."

"노, 놀러가니 혹시나 싶어 준비한 것이겠지."

"중요한 일이 무엇인지, 가방에 무엇이 들었는지 사실 그건 그리 중요하지 않아요. 흑!"

"……."

해윤은 눈물을 뚝뚝 흘리기 시작했고 그런 딸아이를 보는 노찬성 회장은 가슴이 먹먹해졌다.

"보고 싶고, 함께 하고 싶은 사람이 있다고 느껴지는데 전혀 생각이 나지 않아요. 흐흐흑! 누구죠? 그 사람이 누군지 알려주세요, 아빠!"

문득 어렴풋한 기억 속에 해윤이 우는 모습을 보게 될 거라고 무찬이 얘기했던 것이 기억났다.

"제가 사랑하던 사람이 누군지 아빠는 알고 계시죠? 흐흑! 흐흑! 아님 제가 미친 건가요? 누구죠? 그 사람은 누구죠!"

'이, 이… 새끼! 겉만 멀쩡하게 돌려줬지, 속은 엉망으로 만들어 놓고서…….'

털썩!

미친 듯이 울부짖던 해윤은 결국 최면과 현실의 괴리로 인한 부하로 쓰러진다.

"해, 해윤아! 경호실장! 119를 불러!"

언제나 침착할 것 같던 노찬성 회장은 온 집 안이 울리도록 소리쳤다.

*　　*　　*

챙길 것이 있어 마지막으로 집에 들렀다.

"해윤이완 좋게 헤어졌어?"

부스럭거리는 소리를 들었는지 우니가 방에서 나왔다. 그리고 언제까지고 닫고만 있을 것 같던 입은 연다.

"이젠 기분이 나아졌니?"

"전혀. 다만… 인사라도 해야 할 것 같아서."

"다행이다. 인사도 못하고 떠날 줄 알았는데."

"아직 내 말에 답 안 했거든."

입은 열었지만 지금 날씨보다도 더 차가운 말투였다.

그러나 그게 우니 자신을 보호하기 위해 만든 방어체계임을 알기에 웃어넘긴다.

"헤어지면 헤어진 거지 좋게 헤어진 건 뭐냐?"

"걘 내 친구야."

"별다른 문제없을 거야. 최면으로 연인이 아닌 친구관계로 만들어뒀으니까."

"역시 오빠 잔인해."

"술이나 한잔할까?"

"…시간은 있어?"

"1시간쯤."

내 표정을 살피던 우니는 마음에 안 든다는 표정으로 부엌으로 가 와인과 치즈를 가지고 나온다.

"오빠 괜찮아?"

"…응."

"동생 앞에선 강한 척 안 해도 되거든."

"후후! 오빠 앞에선 강한 척 안 해도 되거든."

"익! 위로라도 해주려고……."

"고맙다. 네가 있어서 한결 위안이 된다."

"……."

신수호에게 복수를 마치고 나니 기쁨은 잠시, 정리할 것이 너무 많았다.

그게 스트레스가 되어 하나둘 쌓이다 오늘 폭발을 했는지 기분이 좋지 않았다.

한데 우니에게 위로를 받을 줄은 정말이지 생각도 못했다.

"한잔해."

"너도."

서로 잔을 채운 후 우린 건배를 하고 원샷을 한다.

그리고 술김을 빌어 진심으로 하고픈 말을 꺼냈다.

"혼자 남게 해서 미안하다."

"봉구 오빠도 있는데 뭐. 그리고 어차피 홀로서기 할 생각이었어. 언제까지 오빠한테 빌붙어 살 순 없는 일이잖아."

"넌 내 가족이야."

"피~ 웃기지 마. 가족 코스프레를 한 것뿐이지. 진짜 가족이라면 말이야… 오빠가 진짜 나를 가족이라고 생각했다면… 아냐. 지금에 와서 이런 얘기해 봐야 뭐하겠어. 크으~"

오늘은 남매가 우는 날인가 보다.

우니는 말을 하다 서운함이 폭발했는지 눈물을 뚝뚝 흘린다.

"우리 우니가 오빠한테 서운한 게 많았구나? 이리 와, 오빠가 안아줄게."

"저, 저리 가!"

거칠게 반항하는 듯했지만 일단 품에 안자 서서히 힘이 약해졌고 결국 품에서 울음을 터뜨린다.

"앙앙! 흑흑흑! 흑! 흐윽!"

"미안하다, 우니야. 너한텐 어떻게 얘기할지 모르겠더라. 그래서 자꾸 미루게 됐어."

"흑흑흑!"

"이해해줘. 내가 여기 있으면 네가 오히려 위험해질 거야. 난 네가 다치길 원하지 않아."

"오빠만 그런 줄 알아? 나도 그래! 처음엔 오빠가 늦게 돌아올 때마다 혼자가 될까 두려웠어. 하지만 지금은 아냐. 오빠가 다칠까 두려워. 그러니 가지마. 아니, 차라리 어디론가 가버리자."

"……."

1년 전 혼자가 되는 걸 두려워하던 아이는 다 큰 줄 알았는데 여전히 아이었다.

처음 집으로 데려와 재웠을 그때처럼 그 아이를 쓰다듬어 준다.

한참을 그렇게 하자 진정이 되는지 우니는 눈물을 닦고 품에서 떨어진다.

그리고 쑥스러운 듯 말을 꺼낸다.

"…어리광이라는 거 알아. 그리고 가야 한다는 것도 알고. 한 가지만 약속해. 그럼 보내줄게."

"말해. 동생이 바라는 걸 못 들어줄 오빠가 아니지."

"꼭 돌아오겠다고 말해줘."

"……."

"몸 건강히 반드시 돌아오겠다고 약속해 줘."

한국을 정리하고 떠나는 건 돌아올 가능성이 희박하다는 걸 알기 때문이다.

그리고 어느 누가 물어도 돌아오겠다고 약속하지 않은 건 삶에 대한 미련이 남을 것 같아서였다.

천외천은 삶에 대한 미련을 남겨두고 상대할 만한 놈들은 아니었다.

하지만 오늘 일을 겪으며 알게 되었다.

생각하기에 따라 삶에 대한 미련은 살고자 하는 의지가 될
수도 있다는 것을.

"…약속할게."

"약속 반드시 지켜!"

"그래!"

스스로에게, 우니에게 살아오겠다고 다짐한다.

* * *

12월 14일 10시 50분.

"으~ 추워."

한강의 공원에 부는 매서운 강바람이 김철수 형사의 얼굴
을 할퀸다.

늦은 겨울밤이라 공원에는 사람들이 거의 보이지 않았지
만 김철수 형사는 아랑곳하지 않고 선착장을 향해 똑바로 걸
어간다.

"망할 새끼! 오라 가라 하는 것도 기분 나쁜데 하필이면 이
추운 날 유람선으로 오라니……."

겨울엔 유람선 운행시간이 보통 10시까지이다.

그런데 11시에 만나자고 했다. 웬지 부자들의 돈지랄이 예

상되었기에 더 기분이 나빴다.

아니나 다를까 유람선 선착장엔 바쁘게 움직이는 사람들이 보였다.

꽃을 나르는 사람, 마술사에 쓰일 큰 상자를 들고 가는 사람, 풍선을 들고 가는 사람 등.

턱!

"조심 좀 하쇼."

"……."

유람선으로 들어가려다 짐을 옮기는 사람과 부딪혔다. 명백히 잘못은 짐을 옮기던 이에게 있었지만 사과 한 마디 없이 가버린다.

"싸가지 없는 새끼! 눈깔하곤."

스치듯이 본 눈이었지만 섬뜩할 정도로 날카로운 눈빛이었다.

그답게 범죄자들의 얼굴과 순식간에 대조를 해봤지만 아는 얼굴은 아니었다.

"안녕하셨어요, 김 형사님."

유람선에 오르자 박무찬이 반가운 얼굴로 맞이했지만 전혀 반갑지 않았다.

프러포즈라도 하는 사람처럼 말쑥이 차려입은 모습은 배알이 꼬일 정도로 재수가 없었다.

"니가 보기엔 안녕해 보일지 모르지만 전혀 안녕하지 못하다."

"하하하!"

"웃지 마라. 범죄자 놈들과 웃을 틀 일 없다."

"여전하시네요. 퇴근했으면 술이나 한잔하실래요?"

"……."

"어수선하니 조용한 곳으로 옮기죠."

안 그래도 취하고 싶었다.

박무찬과 약속만 없었다면 이미 만취상태였을 것이다.

옮긴 자리는 '생일 축하해!' 라 적힌 커다란 플래카드가 걸리고 온갖 꽃으로 꾸며진 곳이었다.

"앉으세요."

"내가 앉을 자리는 아닌 것 같군."

"주인이 아직 안 왔으니 상관없습니다. 서서 얘기하는 취미라면 서 계셔도 되고요."

"지랄!"

화려하게 꾸며진 테이블에 신경질적으로 앉자 핏빛의 와인을 가득 채운 잔을 놓는다.

"드시죠."

벌컥벌컥!

"크~ 술 같지도 않군. 소주는 없나?"

눈앞에 능글거리는 박무찬이 재수가 없었지만 일단 무슨 얘기를 하는지 듣고 결정하기로 하니 마음에 여유가 생겼다.

"그럴 줄 알고 몇 병 준비했죠."

김철수 형사 앞엔 소주가, 박무찬 앞엔 와인이 놓였다.

"할 얘기 있음 빨리해. 범죄자 새끼와 마주 앉아 길게 술 마실 일은 없으니까."

김 형사가 먼저 말을 꺼냈다.

"이젠 그리 바쁜 일도 없지 않나요? 아! 우리나라 형사들이 얼마나 바쁜지 깜빡했군요."

꿈틀!

김 형사의 미간에 주름이 생겼고, 소주를 쥔 손이 파르르 떨린다.

박무찬이 위준이라는 이름을 썼다는 사실을 증언해 줄 어고생은 증언을 거부했고, 문정배 검사도 아무런 증거 없이 영장 신청이 불가능하다 못을 박은 날이 오늘이었다.

'아직 안 끝났다. 여기서 발끈하면 내가 지는 것이다. 참아라, 김철수!'

어금니를 물고 겨우 참는다.

그걸 아는지 모르는지 박무찬은 와인을 마시면서 계속 말을 이었다.

"사실 오늘 김 형사님을 이곳에 모신 이유는 중요한 얘기와 재미있는 얘기를 들려주기 위해섭니다."

"…사설이 길다."

"하하! 저도 시간이 많이 없으니 중요한 얘기부터 말씀드리지요. 전 내일 한국을 떠납니다."

"……!"

김 형사는 자신도 모르게 자리에서 벌떡 일어나며 외쳤다.

"도망갈 생각이냐!"

"글쎄요? 그건 설명하기가 애매하군요."

"똑바로 말해!"

한국에 있다면 언제고 반드시 잡아넣을 자신이 있었다. 하지만 외국으로 튀면 증거를 찾는다고 해도 헛일이 되니 화가 날 수밖에 없었다.

당장 멱살이라도 잡을 기세인 김 형사의 태도에도 박무찬은 할 말만 한다.

"저 쫓는다고 인생낭비 하지 마세요. 제가 실종되었을 때 실마리가 없어서 포기한 것처럼 포기하세……."

"개새끼!"

퍽!

체중을 실어 날린 주먹이 박무찬의 얼굴에 박힌다. 그러나 살짝 고개만 돌아갈 뿐이었다.

한데 당황한 사람은 정작 때린 김 형사였다.

당연히 피하리라 생각했다. 특수 수사본부에서 괴수라고 불리는 인물이었기에 잔뜩 긴장하면서 주먹을 뻗었는데 묵직한 타격감이라니.

"특수부대 출신이라 그런지 주먹이 꽤 매섭군요. 더 때릴 생각 아니시면 앉으세요."

"⋯⋯."

김 형사는 어정쩡하게 서 있다 자리에 앉는다. 그리고 앞에
놓인 소주를 들이켠다.

"이젠 재미있는 얘기를 할 차례군요. 이 이야기가 포기하
는데 도움이 되었으면 좋겠네요."

중요한 얘기에 대해 할 말이 많았지만 일단 들어보기로 하
고 길게 흘러나오는 박무찬의 말에 집중한다.

"어느 날, 영문도 모르게 납치된 소년이 있었어요. 납치된
소년이 도착한 곳은 외딴 섬이었죠. 장기매매가 되어 죽을 것
이라 생각하던 소년은 살았다고 안심을 했죠. 하지만 착각이
었어요. 소년이 도착한 곳은 살인 경기가 펼쳐지는 지옥과 같
은 곳이었죠. ⋯⋯."

'자신의 얘기구나!

박무찬이 하는 얘기가 그가 겪었던 일이라는 걸 바로 알 수
있었다.

그래서 더욱 집중했는데 얘기가 흘러나오면 나올수록 놀
라 입을 다물 수가 없었다.

"⋯그 소년은 살기 위해 같은 일을 겪은 사람들을 죽일 수
밖에 없었어요. 인간의 존엄성이나 타인에 대한 배려 따윈 생
각할 틈도 없었죠. 그렇게 소년은 살인을 하며 수 년을 섬에
서 버티게 됩니다."

"…네 얘기냐?"

"소년의 얘기라니까요. 그렇게 희대의 살인마가 된 소년은 천운으로 섬을 탈출하게 됩니다. 그리고 고향으로 돌아가게 되죠. 고향에 돌아온 소년은 일반인들과 다른 자신을 보고 절망합니다. 한데 깨닫게 됩니다. 그 섬이나 그가 돌아온 고향이나 똑같은 지옥이라는 걸."

"나도 들은 적이 있는 것 같군. 한 번 해볼까?"

"해보세요."

"그 소년은 누가 자신을 납치하게 한지 알게 되지 그리고 복수를 시작해. 먼저 납치에 가담했던 폭력조직을 없애버리지. 그리고 납치를 주도했던 중국조직을 괴멸시켜 버려. 섬에서 배운 살인기술을 무분별하게 사용해 사람을 피떡을 만들어버린 거지. 그리고 마지막으로 납치를 지시했던 집안을 몰락시켜. 회사를 집어삼키고 납치를 지시한 자를 죽여 어딘가에 파묻어 버리지. 내가 말하고자 한 이야기가 이게 아닌가?"

"하하하! 알고 계셨네요. 제가 아는 이야기완 조금 다른지만 틀린 것도 아니니 더 이상 얘기하지 않아도 되겠군요."

"무슨 개수작이지? 도대체 내가 한 짓 장황하게 떠드는 이유는 뭐지?"

"이해가 안 되시나요? 머리는 수사할 때만 쓰는 게 아니잖아요? 제발 생각 좀 해보세요."

투둑!

김 형사는 머리의 한 부분이 끊어지는 소리를 들었다.

"이 개자식아!"

아까보다 더 강한 힘으로 주먹을 날렸다. 아까완 달리 이죽 거리는 주둥아리가 박살 나기 바라면서.

턱!

하지만 온 힘을 다한 주먹은 허무할 정도로 쉽게 박무찬의 손에 막혔다.

"겁쟁이군요."

"이……!"

"이깟 실력으로 왜 자꾸 덤비는 거죠? 내가 당신을 죽이지 않을 것이라는 걸 염두에 두고 있어 그런 것이겠죠?"

"닥쳐! 너 같은 범죄자 새끼를 내가 두려워할 줄 알아?"

"후우~ 당신이라는 사람 정말 단순한 사람이군요. 어느 정도 알아들을 줄 알았는데… 결국 설명까지 하게 만드는군 요."

박무찬이 손을 놔줬지만 김 형사는 다시 덤벼들 생각을 하지 못했다.

또한, 방금 들은 말이 그의 머리를 흔들고 있었다.

'죽이지 않을 걸 알고 내가 이런다고?!'

부정하고 싶었지만 듣는 순간 맞는 말임을 깨달았다.

만일 박무찬이 그가 없앤 폭력조직의 두목이었다면 자신 은 이미 이 세상 사람이 아닐 것이다.

자신이 박무찬을 계속 범인이라 말하고, 형사라는 직업의 힘을 내세우는 건 그가 자신에게 아무런 해를 끼치지 않을 것이라는 전제조건을 알고 하는 행동이었다.

"소년이 납치를 사주한 범인을 말했으면 과연 해결해줄 수 있었을까요? 기소는커녕 다음 날로 사건을 조사하던 형산 좌천당하거나 세상에서 사라져 버렸겠죠. 그보다 더한 범죄조직은요? 중국조직은요?"

박무찬이 말하는 건 명백했다.

능력이 되지 않으면 구석에 찌그러져 있어라.

으득!

어금니를 앙다문다.

'대한민국 형사를 어떻게 보고 하는 말이냐!' 고 소리치고 싶었지만 현실은 그렇지 않았다.

범인을 잡아도 검찰에서 불기소가 떨어지고, 설령 검찰에서 잡아넣어도 정치권의 압력에 금세 풀려나는 게 대한민국의 현실이었다.

"…괴변이다."

결국 힘겹게 내뱉은 말은 상투적인 말이었다.

"불의를 보고 용기 있게 나선 사람이 경찰에 가서 범죄자 취급받고, 국민이 일하라고 뽑아준 이들이 국민을 무시하고 그것이 마치 투표를 잘못해서만 그런 것이라 국민을 호도하는 현실이 당연하다는 듯 받아들여지는 이 나라가 괴변이죠."

김 형사의 마음속 가치관이 힘없이 무너진다. 그러나 가치관을 이루던 주춧돌은 남아 있었다.

그 주춧돌은 억울하게 고통 받는 사람들을 위해 최선을 다한다는 경찰학교를 들어갈 때 마음속에서 다짐했던 각오였다.

"난 대한민국 경찰이다!"

혼잣말을 중얼거린다.

그리고 남아 있던 주춧돌은 무너진 가치관을 다시 일으켜 세운다.

"난 내게 주어진 일을 할 뿐이다!"

이번에는 자신에게, 박무찬에게 들으라고 큰소리로 외쳤다.

박무찬이 없앤 자들은 사회악인 자들이었다.

차라리 없어지는 게 일반시민에겐 훨씬 더 유익할 것이다. 그러나 자신은 법을 수호해야 할 경찰.

법을 혼란하게 만드는 박무찬은 반드시 잡아야 하는 자였다.

하지만 증거가 없는 이상 아직까지 범죄자는 아니었다.

"이제야 알아들었나 보군요. 참 둔한 사람이라니까."

"이죽거리지 마라. 증거가 확보되면 세계 어디로 도망가든 반드시 붙잡을 테니까."

"기대하죠. 그렇다고 다른 사건들도 많을 텐데 저만 쫓진 마세요."

"억울한 사람을 돕기 위한 경찰이다. 하지만 네놈에게 당한 놈들이 억울하다고 보기엔 무리가 있겠지."

"그런 경우는 자업자득이라고 하죠."

"그래서 억울한 사람을 먼저 도울 것이다. 그 다음은 네 차례가 될 수 있다는 걸 명심해라."

김 형사는 유람선에 들어올 때완 달리 한결 기분이 좋아졌다. 박무찬을 쫓은 건 자존심을 회복하기 위한 아집에 가까웠다.

그 시간에 억울한 일은 당한 사람들을 위해 투자를 했으면 어땠을까 생각해 본다.

"잘못을 인정하고 이제부터라도 그러면 되겠지."

혼잣말처럼 다짐을 되뇐다.

"엥, 무슨 말이죠?"

"경찰을 우습게 보는 너 같은 녀석에겐 말해줘도 모를 거다."

"쳇! 조금 전과 너무 다르군요."

출렁!

유람선이 움직이기 시작했는지 살짝 흔들린다.

"꼴좋다. 프러포즈할 여자가 안 올 모양……."

김 형사는 아까 당한 복수를 하려는 듯 비꼬는 말투로 입을 열었지만 박무찬은 말을 끊고 소리친다.

"이크! 벌써 시간이… 500원 줘 봐요."

"뭐?"

"500원 달라고요!"

영문을 모를 행동에 어리벙벙했지만 호주머니를 뒤져 500원을 건넸다.

"돈을 받았으니 고마워하지 않아도 되요. 그리고 실례 좀 하죠."

"무슨 실례? 으악! 너, 너 뭐하는 짓이야!"

이해할 수 없는 말을 한 박무찬은 다짜고짜 김 형사에게 달려들었다.

그리고 그를 안고 유람선 밖으로 나간다.

"놔! 박무찬, 당장 날……!"

손발을 휘둘러 박무찬의 손을 벗어나려 했다. 그러나 박무찬이 하는 행동에 몸이 딱딱히 굳는다.

박무찬은 선착장과 멀어진 배에서 자신을 던지려고 하고 있었다.

"아, 안 돼애애애~!"

채 말이 끝나기 전 몸이 하늘을 날랐고 아래로 얼음이 떠다니는 한강이 보였다.

이런 날 바다에 빠지면 십중팔구 얼어 죽거나, 심장마비로 죽을 것이다.

'놈을 내가 너무 과대평가했나?'

박무찬이 오늘 부른 이유가 집착하는 자신에게 정신을 차리라 충고하려고 불렀다고 생각했었다.

놈이 말없이 떠났으면 모든 걸 버리고 찾으러 나섰을 그였다.

그래서 잠시나마 티끌만큼 고마워했는데…….

"어~ 어~ 어~"

바로 강으로 추락할 줄 알았는데 훨씬 멀리 날아 선착장 바닥이 보였다.

"어이쿠! 아파라."

고무바닥이라 했지만 꽤 먼 거리를 날아 떨어졌기에 충격은 상당했다.

일어서서 유람선을 봤다.

선착장과 꽤 멀어진 유람선의 선미에서 박무찬은 손을 흔들고 있는 게 보인다.

"야이! 나쁜 새끼야! 사람을…"

타앙~ 탕!

"초, 총소리!"

욕은 유람선에서 들리는 총성에 묻혔고, 방금 전까지 선미에 있던 박무찬은 사라져 있었다.

9장

선상파티 II

　탕! 탕! 쨍그랑! 쨍그랑!

　천외천이라 미국에서 만난 요리사처럼 우아하고 세련될
줄 알았는데 총질부터 시작할 줄이야.

　슉!

　총을 피해 아래층으로 내려가려는 순간 감각에 없던 마술
사 복장의 사내가 나타나며 옆구리를 찔러온다.

　달리던 자세에서 몸을 뒤집자 섬뜩한 칼날이 배 위로 지나
간다.

　탕!

　"큭!"

거칠고 후진 걸 원한다면 나 또한 그럴 수밖에.

등 뒤에 꽂아둔 토스카프를 양손으로 꺼내 마법사의 이마에 한발 쏜다.

하지만 그 순간 온몸의 감각이 요동을 쳐 난간을 잡고 아래층으로 뛰어내렸다.

타타타타탕!

뒤이어 방금 있던 자리에 수많은 총알이 박힌다.

슈슈슉!

1층 복도로 뛰어내리자마자 기다렸다 듯 깨진 창문으로 두 자루의 대검이 등을 노린다.

기척을 숨길 실력이 있음에도 굳이 총을 쏜 이유가 날 몰기 위함이었다.

고개를 숙여 피한 후, 왼쪽 다리를 축으로 한 바퀴 돌아 대검이 찔러오던 옆 창문으로 비스듬히 총을 쐈다.

탕! 탕! 탕! 탕! 쨍그랑!

그리고 바로 몸을 날려 안으로 들어갔지만 공격한 두 명은 이미 옆방으로 가 벽 쪽에 붙어 있었다.

난 그 벽을 향해 토스카프의 탄창이 빌 때까지 총을 발사한다.

"크악!"

"윽! 컥!"

벽에 숨어서 안심을 했음인지 기척을 지우지 않은 그들의 실수와 우리나라 모양만 그럴싸한 판자벽의 부실함이 만들어 낸 결과였다.

획!

두두두두두두두!

자동소총이 불을 뿜는다.

방금 전까지 나의 편이었던 부실한 벽이 이번엔 적이 되었다.

두 명이 죽어 있는 옆방으로 도망쳐 들어 바닥에 엎드리지 않았다면 고슴도치가 되었을 것이다.

두두두두두두두!

총알에 판자벽이 터져나가며 숨쉬기가 곤란할 정도로 나뭇조각들이 비산한다.

총을 바닥에 놓고 뫼 산(山) 모양의 표창을 꺼내 총알이 날아오는 벽 너머로 세 개를 날렸다.

쉬이이익! 쉬이익! 쉬익!

포물선을 그리며 문을 통과한 표창은 두 명의 인기척을 지운다.

놓여 있던 총을 잡았다.

탄창을 갈아 끼고 움직일 준비를 한다.

"우아아아아아아!"

두두두두두두두! 두두두두두두두!

놈들도 내가 기척을 잡아낸다는 걸 깨달은 모양이다. 자동소총을 쏘면서도 한자리에 머물지 않고 움직이며 다가온다.

'…둘, 셋!'

타당! 타당! 타당! 타당!

반격으로 다가오는 걸 방해한 후 바닥을 굴러 다시 옆방으로 물러난다.

"타앗!"

"큭……."

문 뒤에 숨어 있던 현무단원의 발차기가 옆구리로 날아온다.

속도가 빨라 피하기엔 늦었다.

지금까지의 공격하던 현무단원들보다 한 수준 높은 실력이다.

최대한 충격을 들고자 허리를 뒤로 뺐고, 충격은 있었지만 다행히도 뼈는 다치지 않았다.

순간적으로 허리를 빼자 자세가 무너졌다.

놈은 그 기회를 놓치지 않았다.

옆구리에 박혔던 발이 살아 있는 듯 움직여 놈에게로 향하던 총을 걷어찬다.

그리고 자세를 바로 잡기도 전에 이어지는 연속 발차기.

각법의 고수.

팔로 비스듬히 막아 흘리며 자세를 잡으려 했다.

콰직! 콰직! 콰직!

흘려진 발이 닿는 벽은 여지없이 터져 나간다.

위험은 그뿐만이 아니었다.

자동소총을 든 두 명 외에도 내 기운을 감지한 현무단들이 다가오고 있었다.

"하압!"

무릎을 노리는 발을 막으며 자세를 바로 잡았다.

또한 총을 버리고 칼을 잡았다.

손은 눈보다도 빠른데 발보다 느릴 리가 없다.

다시 시작되는 발차기.

발의 움직임에 따라 내 팔도 같이 따라 움직인다.

놈과 내 사이에 피어오르기 시작하는 피 안개.

"크~"

좌측 발에서 우측 발로 바꾸는 순간 놈은 무너진다.

아킬레스건이 잘리고 근육이 완전히 잘려 있었다.

무너진 놈은 내가 다가가자 팔을 움직였지만 발에 비하면 허우적거림에 불과했다.

푹!

팔을 잡고 심장에 칼을 찔러 넣었다.

그리고 숨이 끊긴 놈을 일으켜 몸을 방패삼아 방으로 들어오는 놈에게 던진다.

두두둑!

자동소총에서 채 5발이 발사되기 전에 기듯이 다가갔다.

"크아아악!"

"쿠엑!"

양손에 역수로 쥔 칼이 가랑이에서 심장까지 그어지며 두 명을 고혼으로 만든다.

"놈을 죽여!"

하나의 인기척을 시작으로 십여 개의 기운이 나타났고 동시에 엄청난 총탄이 나에게로 쏟아진다.

"젠장!"

피할 곳 없다.

내공을 끌어올렸다.

단전에서 팔로, 팔에서 손에 든 두 개의 단검으로 기가 몰렸고 은은한 빛을 낸다.

번개처럼 앉으며 바닥을 찍었고, 빙글 한 바퀴 돌았다.

쑤욱!

쇠로 된 바닥이 둥글게 잘려 아래로 꺼지며 꼼짝없이 죽을 상황에서 벗어난다.

떨어진 곳은 좁고 이런저런 물건이 쌓인 기관실 겸 창고로 보였다.

"헉헉!"

단기간에 과도한 내공과 심력을 소모했는지 거친 숨소리가 나온다.

그렇다고 쉴 수도 없는 일, 놈들이 곧 내려올 것이다.

기척을 지우고 은밀히 움직이기 시작했다.

처음 충격이 시작되었을 때 현무단을 얕보던 생각 따윈 사라진지 오래였다.

1년간 양떼 속에서만 놀다 보니 섬에 있을 때보다 실력은 늘었지만 전반적인 전투감각이 녹슬었음이 분명했다.

'난 고스트 위즈다!'

스스로에게 최면을 걸고 과거의 기억을 불러와 현재의 나와 합친다.

그리고 서서히 어둠과 동화되어 간다.

*　　*　　*

"그런 상황에서 살았다?"

유람선의 천정에 누워 현무단의 사냥을 살피던 제갈호는 벌떡 일어났다.

"지하실인가?"

현무단의 사냥방식은 철저하게 조직적이다.

사냥을 하면서 한쪽으로 몰고 실패하면 다시 다른 쪽으로 몰고.

당하는 당사자 입장에선 잘 벗어난다고 생각하겠지만 그마저도 움직일 수 없는 함정으로 모는 것이다.

8명을 잃긴 했지만 놈을 피할 수 없는 곳까지 몰았고 제갈호는 사냥이 끝났다고 생각하고 오늘은 어떤 아가씨를 만나게 될까 생각하고 있었다.

한데 갑자기 엄청난 기운이 감각을 자극했고, 놈은 여전히 살아 있었다.

'사라졌다! 본격적인 시작인가?'

지하실에서 느껴지던 감각이 희미해지더니 완전히 사라진다.

집중을 해보았지만 유람선에 그의 기운을 느낄 수가 없었다.

"내 수준? 아니… 내공만으론 나 이상인가?"

제갈호의 입술이 윗입술을 핥는다.

호승심이 일어난 것이다.

자신의 실력을 온전히 발휘해본 적이 언제인지 기억조차 나지 않았던 그로서는 자신의 한계가 어디인지를 알고 싶었다.

그는 사실 한국에 놀러왔다.

S급 섬을 탈출했다곤 하지만 스물다섯 명의 현무단이라면 충분하리라 생각해서였다.

'놈!'

감지하기 힘들 정도로 약한 기운이 감지되었다.

그리고 이어 현무단의 기운이 일어났고, 곧 현무단의 기운은 급속도로 사라진다.

그와 함께 다시 사라지는 기운.

"후후! 사냥을 하는 게 아니라 사냥을 당하는 신세였군."

말하는 동안 다시 현무단으로 짐작되는 한 명의 기운이 없어진다.

셋… 넷… 시간이 지날수록 사라지는 현무단의 숫자가 늘어났지만 제갈호는 움직이지 않았다.

그에게 있어서 현무단은 별다른 의미가 없었다.

천외천을 이끄는 10대 가문의 직계도, 방계도 아닌 해마다 양산되는 제자에 불과한 이들이었기 때문이다.

제갈호는 다시 누웠다.

그리고 놈이 살아남아 자신의 차례가 오길 기다린다.

"헐! 괴물."

조정실에서 CCTV화면으로 무찬을 바라보던 봉구가 낮게 중얼거렸다.

쇠로 된 바닥을 원형으로 잘라 현무단의 공격을 피했음은 물론이고 이후 완전 동해 번쩍 서해 번쩍하며 현무단을 죽이고 있다.

그가 완전 포위되었을 때 조정실을 벗어나 도와줄까 했었다.

하지만 그건 기우였다.

본격적으로 싸움에 임하는 무찬은 화면을 보는 리봉구마저 떨리게 만들 정도였다.

또 한 명의 현무단의 심장에 차가운 칼날이 박힌다.

그리고 단검의 피를 닦은 무찬이 CCTV를 흘낏 보곤 사라진다.

시계를 본다.

12시 20분.

문득 집을 나서기 전 무찬이 계획을 말해줄 때가 생각났다.

"형은 가급적 한 곳에 숨어 있어요. 그리고 지난번 킬러들이 가져왔던 폭탄을 12시 40분에 터뜨리세요."

"유람선에서 터뜨리면 너도, 나도 위험할 텐데……."

"…도대체 무슨 상상을 해요. 당연히 시한폭탄을 이용해야죠."

"그, 그렇지 그럼 넌?"

"전 정확히 12시 40분에 배에서 뛰어내릴 거예요. 그러니 시계를 저랑 똑같이 맞춰요."

"맞췄다. 다른 할 일은 없냐?"

"있어요. 형만 이번에도 살아남는다면 천외천에서 의심할 거예요. 아니, 지금도 의심하고 있을 가능성이 높아요. 그러니 이번엔 죽으세요."

"죽으라니? 아무리 그래도 그건……."

"…진짜 죽어 볼래요?"

"아, 아니."

"시한폭탄을 작동시키면 유람선 복도를 어슬렁거려요. 그럼 제가 죽이는 척하고 강에 밀어줄게요."

"진짜 찌르는 건 아니지?"

"…지금 찔러드릴까요?"

"하하하……! 내가 널 안 믿으면 누굴 믿겠냐?"

리봉구는 생각을 멈췄다.

그리고 리모콘을 눌러 시한폭탄을 작동시킨다.

이젠 나가서 무찬에게 죽을 시간이다.

허리춤에서 사시미 칼처럼 긴 단검을 꺼냈다.

길게 숨을 쉬어 긴장을 푼다. 그리고 지금까지 닫혀 있던 손잡이를 잡는다.

"……."

손잡이를 잡고 잠시 망설이던 리봉구는 무엇이 생각났는지 손잡이를 놓고 조종실을 훑어본다.

그리고 항해일지의 겉이 가벼운 금속으로 되어 있음을 확인하곤 품에 넣었다.

무찬을 못 믿는 건 아니지만 그래도 최소한의 안전장치를 넣으니 한결 안심이 되었다.

철컥!

감각을 곤두세우고 문을 열었다.

4m쯤 떨어진 복도에 청바지에 검은색 티를 입은 사내가 움

찔하는 모습이 보인다.

리봉구도 움찔하긴 마찬가지.

같은 편인 걸 안심한 현무단의 사내는 손짓으로 리봉구를 부른다.

그리고 낮은 목소리로 속삭인다.

"강한 놈이오. 이 근처에 있소. 동료들의 죽음으로 이곳까지 몰았으니 총은 절대 사용하지 말고 혹 당하게 되면 비명으로 자신의 위치를 밝히시오."

"오케이."

"저기 앞 교차되는 지점에서 난 오른쪽으로 당신은 왼쪽으로."

리봉구는 고개를 끄덕였고, 현무단과 조용히 앞으로 전진한다.

'죽일까?'

손만 뻗으면 죽일 수 있는 거리.

비명 따윈 지를 시간도 없이 없앨 수 있었다.

'쳇! 알아서 하겠지.'

도와주고도 욕을 먹을 가능성이 높았기에 꾹 참고 주변을 살핀다.

교차지점.

푹! 푹!

"…크…륵……."

현무단의 사내가 오른쪽으로 도는 순간, 인간의 몸을 꿰뚫는 섬뜩한 소리와 함께 피 냄새가 확 풍긴다.

그는 비명을 지르려 했지만 피 끓는 소리만 내고 쓰러진다.

'헉! 씨발!'

현무단을 없앤 단검이 심장과 목을 향해 날아온다.

가까스로 단검으로 심장으로 오는 검을 막고, 왼손으로 목을 꿰뚫으려는 놈의 손을 잡았다.

얼굴을 확인했다.

블랙홀처럼 차갑게 가라앉은 눈을 한 무찬이었다.

'이런 개새끼! 연긴데 굳이 이렇게까지 하다니……'

물론, 말을 하진 못했다.

막았다곤 했지만 힘에 밀려 서서히 단검이 심장과 목으로 다가오고 있었기 때문이다.

아주 짧은 정적.

무찬의 눈빛은 계획대로 했느냐 물었고, 봉구는 그렇다고 답을 한다.

무찬이 밀었고, 봉구의 몸은 허공을 나른다.

"흰 양복 조심! 으악!"

들릴 듯 말 듯한 작은 소리로 경고를 한다. 그리고 그 소리는 곧 비명 소리에 묻힌다.

비명은 방금 전 인정사정없는 공격의 사소한 복수였다.

첨벙!

준비를 하고 있었지만 오줌이 찔끔 나올 정도로 겨울의 강물은 차가웠다.

온몸의 기운을 지우고 몸을 물의 흐름에 맡긴다.

"푸우!"

그리고 유람선과 충분히 거리가 멀어졌을 때 물위로 올라왔다.

유람선은 홀로 잘도 목적지를 향해 가고 있었다.

"조심해라. 놈은… 강하다."

유람선이 엄지손가락만 한 크기로 작아질 때까지 가라앉은 눈빛으로 바라보던 봉구는 지독히 올라오는 한기를 내공으로 밀어내며 강변으로 헤엄쳐 간다.

*　　　*　　　*

흰 양복의 남자?

한강으로 떨어지던 봉구 형이 한 말을 곰곰이 생각해 본다.

지금까지 처치한 현무단에 흰 양복의 남자는 없었다.

비록 협공은 매서웠지만 위험하다고 느낄 정도의 인물은 더더욱 없었다.

확장된 감각을 여러 부분으로 나눠 한 부분씩 더욱 세밀하게 찾아봤지만 20m 지점에서 서서히 움직이는 한 명 남은 현무단을 제외하곤 아무도 느껴지지 않았다.

'그럼, 내 이목을 완전히 속이고 있는 자가 있다는 말인데……'

지하실로 떨어져 내린 후 과거의 감각을 되살려 현무단을 상대하는 중 살기와 기운을 감춘 그들의 기운이 미약하게 느껴지기 시작했다.

그때부터 난 착실히 그들의 숫자를 줄여나가고 있었다.

남은 사람은 단 한 명.

그마저도 이젠 내 공격권 안에 들어왔다.

까득!

다리에 힘을 주는 순간, 운동화 밑 고무와 바닥이 마찰을 일으키며 기묘한 소리를 낸다.

방으로 조심히 들어오던 놈은 소리를 듣고 고개를 돌리며 방어태세를 갖추려 했다.

하지만 늦었다.

내 몸은 발사된 탄환처럼 놈에게 다가갔고, 들고 있던 단검이 그의 몸을 유린한다.

"끄륵~"

순간 느꼈던 공포심과 어이없이 당한 것에 대한 자책의 눈은 목에서 나오는 비정상적인 소리와 함께 감긴다.

스물다섯.

27분 만에 사라진 현무단의 숫자였다.

난 더 이상 기운을 갈무리하지 않았다.

그러자 곧 어떤 사람의, 아마 흰 양복을 입고 있을, 기운이 느껴졌다.

"하? 위로 오라는 건가?"

그 기운은 움직이지도 않았고, 감추려 들지도 않았다.

난 시계를 확인하며 천천히 그 자가 있는 곳으로 향했다.

흰 양복의 사내는 유람선의 지붕 위에서 담배를 피고 있었다.

"부하들이 죽기를 기다린 사람 같군요?"

"하하! 눈치챘나?"

"당신이 진즉에 나섰으면 부하들의 목숨을 아낄 수 있었을 텐데요?"

"그럼 재미가 없잖아."

마치 내 목숨쯤은 자기 손아귀에 있다는 듯 말한다.

"뭐, 나로선 나쁘지 않았으니 그렇다 치고……. 천외천의 어디 소속이죠? 현무단의 단주?"

"하하하! 예상대로 우리를 알고 있었군."

"뭐, 아주 약간이지만요."

"그런 것 같군. 난 백호단의 제갈호라고 하지."

백호단이라…….

예상대로 천외천은 사신단으로 이루어져 있나 보다.

문득 미국에서 만난 요리사가 생각난다.

그의 실력과 눈앞에 있는 이자의 실력을 보면 백호단은 일

정수준 이상의 고수들의 집단임에 틀림없어 보인다.

"박무찬입니다."

"아깝군."

"뭐가요?"

"자네 같은 자를 이제야 보게 되다니 말이야. 아니지 지금
이라도 보게 되어 다행이라 해야 하나. 하하하!"

"꽤 자신만만하군요?"

"그 정도 솜씨는 되지."

"그럼 볼까요?"

아까부터 따끔거릴 정도의 살기를 내뿜고 있었기에 더 이
상의 수다는 무의미했다.

"그러지."

풀쩍 뛰어내리는 제갈호.

빈틈이 있었다면 그 순간을 노렸을 텐데 허점이라곤 찾아
보기 힘들었다.

"무기는 단검인가?"

"그렇죠. 당신의 무기는?"

"이거지!"

흰 양복 단추를 풀며 제갈호가 꺼낸 것은 두 자루의 은빛
권총.

예비 탄창이 허리띠처럼 허리에 둘러져 있는 것이 보인다.

"총인가요?"

"실망스러운가?"

"약간요. 총이 통하지 않는다는 걸 알지 않습니까?"

"글쎄, 통할지 통하지 않을지는 보면 알겠… 지."

말이 끝나기도 전에 제갈호의 신영이 코앞까지 다가온다.

오만하면서도 자만하지 않고, 허술한 듯 보여도 치밀한 성격.

오늘 어쩌면 득보다 실이 클 것 같았다.

유려하게 좌에서 우로 올라오는 제갈호의 손은 부드럽게 보였지만 뼈마저도 단번에 박살 낼 힘이 있었다.

왼손으로 힘이 완전히 뻗기 전 막는다.

마주보던 얼굴이 순간적으로 사라지며 왼손이 내 어깨로 향한다.

손은 분명 어깨로 오는데 얼굴이 따끔거린다.

오른손으로 다가오는 공격을 막으며 오른다리를 뒤로 빼 몸을 물러설 생각을 하는데도 따끔거림은 사라질 줄 모른다.

'설마?'

생각과 동시에 자세가 무너지는 걸 감수하고 고개를 아래로 떨어뜨렸다.

탕!

총소리와 함께 화끈한 느낌이 왼쪽 머리를 스친다.

왼발로 다가올 제갈호를 막으며 자세를 바로하려 했지만 제갈호의 움직임은 더 이상 없었다.

"쯧! 동물적인 감각이군."

"......"

왼 머리에서 나온 피가 목을 타고 내린다.

제갈호를 무시한 적은 없었지만 그의 행동을 보며 나와 비슷한 실력일 거라 짐작했던 생각을 지워야 했다.

방금 조금만 늦었어도 머리가 터져 죽었을 것이다.

"어떤 무술이죠?"

"쌍권술이라고 하지."

"무서운 무술이군요."

"하하! 이거 인정을 받았는데 기분이 좋지 않군. 단번에 비밀 하나를 읽힌 기분이야."

웃으면서 말하는 그의 모습이 전혀 우습지 않았다.

머릿속에선 단 두 수에 불과했던 그의 무술을 파헤치려고 난리였다.

하지만 더 많은 정보를 얻기 전의 추측은 오히려 나에게 더 위험할 수 있었기에 겪었던 그대로를 머리에 각인시켰다.

"이번엔 제가 먼저 가… 죠."

말이 끝나기 전에 제갈호에게 접근한다.

내가 그보다 월등한 건 무엇일까, 그의 쌍권술의 약점은 무엇일까에 관한 의문해소를 위한 공격이었다.

끼릭!

내가 달려들 것을 예상이라도 했다는 듯 들고 있던 총의 방아쇠를 당기려는 제갈호.

달려가는 자세에서 살짝 몸을 뒤틀었다.

하지만 그것만으로도 내 공격은 실패였고, 그가 반격하기에 충분한 시간이었다.

최단거리로 급소를 파고드는 내 공격과 춤추듯 흐느적거리는 그의 공격이 맞붙는다.

탕! 탕! 탕!

연속적으로 총을 쏘는 듯 보였지만 제갈호는 총알을 낭비하지 않았다.

내 공격을 무력화시키거나, 자세를 무너뜨릴 때 총을 쐈다.

단지 그것만으로도 난 공세는커녕 방어에 급급해야 했다. 그리고 무엇보다도 총을 제외하고라도 그의 무술실력과 운영능력이 나보다 우수하다는 것이다.

그럼에도 불구하고 내가 버틸 수 있는 이유는 속도와 살기에 민감한 몸 덕분이었다.

붙은 지 1분도 되지 않아 수십 합이 이어진다.

'이대로라면 당한다!'

물 흐르는 듯한 그의 춤사위 같은 무술과 총이 미치는 범위로 피하지 못하는 난 차츰 밀리기 시작했다.

날아오는 주먹을 보고 뒤로 한 발자국 물러나면 피할 수 있다.

주먹이 발사되는 로봇이 아니니 말이다.

한데 주먹을 뻗고 총을 쏘면 뒤로 물러나는 것만으론 피할 수 없게 된다. 그러다 보니 자연 좌, 우로 피할 수밖에 없다.

실력 차이라도 많이 난다면 모를까 그와 난 비슷한 수준이었다.

그의 기술에 대응할 시간이 필요했다.

하지만 빠르게 오고가는 공방 속에서 머리는 오로지 그의 쌍권무에 대응하기에 바빴다.

으득!

어금니를 앙다물었다.

섬을 벗어난 후 사용할 일이 없었던 기술이 떠올랐다.

아니, 정말이지 위험할 때가 아니면 사용하고 싶지 않은 기술이다.

인간의 눈은 실제로 1초를 24로 쪼갠 시간도 인지한다. 일반인에겐 무의식의 영역일지 모르지만 내공을 가진 이들에겐 의식의 영역이다.

또한, 그들은 그보다 더 쪼개진 1초를 볼 수 있다.

바로 이러한 원리를 이용해 정신을 눈의 세계로 이동시켜 시간을 확장시킬 수 있었다.

즉, 1초를 100초로, 200초로, 300초로 늘릴 수 있는 것이다.

문제는 늘려진 시간만큼 뇌에 부하가 걸린다는 거다.

게다가 그 시간 동안 쌍권무에 대한 대응법을 생각해야 하니 뇌엔 더욱 강한 부하가 걸릴 것이 자명했다.

잠시 배가 폭발할 때까지 도망 다닐 것인지, 맞붙을 건지에 대한 고민을 한다.

결론은 너무나 쉽게 나왔다.

눈앞의 제갈호를 넘지 못하면 천외천에 대한 복수는 끝을 내는 편이 좋았다.

섬에선 살기 위해 싸운 것이 아니라 항상 죽지 않기 위해 싸웠다.

그때를 생각하며 스스로에게 최면을 걸었고, 정신세계를 눈의 세계로 이끈다.

1초를 300초로 늘이는 순간, 제갈호의 공격이 서서히 느려지더니 마치 멈춘 듯 서 있다.

벌써 머리가 후끈 달아오르며 타버릴 것 같았지만 집중을 하기 시작했다.

지금까지의 그의 공격을 몇 번이고 되짚으며 분석했고, 대응법을 생각한다.

100초가 넘자 눈앞이 서서히 붉어져간다.

위험신호다.

제갈호의 공격을 되짚다 보니 생각보다 더 빨리 뇌가 부하가 걸린 것이다.

조금만 더…….

새빨갛게 변하는 순간 몸에 일어난 충격으로 기술은 깨져 나갔고 현실로 돌아왔다.

뿌득!

"커억!"

제갈호의 주먹이 옆구리에 박혔고 충격을 조금이라도 줄이고자 몸을 날렸다.

남들이 본다면 제갈호의 주먹 한 방에 날아간 것으로 보였을 것이다.

쿵!

유람선의 난간에 부딪혔다.

붉은 세계가 서서히 제 색을 찾아가자 옆구리에서 고통이 음습한다.

그러나 멍하니 있을 수 없었다.

제갈호의 권총이 불을 뿜는다.

탕! 타탕! 타탕!

난간을 발로 차 몸을 다른 곳으로 옮겼고, 그 즉시 몸을 튕겨 일어났다.

"나와 싸우는 중 딴생각이라니 기분이 나쁘군."

"…하아아악, 하아아악!"

1초 정도의 머뭇거림이 기분이 나쁜 모양이다.

하지만 난 그가 말하는 잠시 동안 숨을 몰아쉬며 머리를 식히려 노력했다.

그리고 옆구리의 고통을 무시하고 제갈호에게 뛰어들었다.

"이번엔 죽여주마!"

"…나야말로!"

제갈호와 난 다시 붙었다.

탕!

제갈호가 쏜 총알은 나완 완전히 동떨어진 곳에 떨어진다.

세 번째 시작된 전투는 앞선 전투완 완전히 달라졌다.

밀리는 건 제갈호였다.

당황하며 손을 뻗는 그의 팔을 팔목으로 막았고, 팔목을 휘어 총을 쏘려는 손을 손으로 튕겼다.

제갈호의 팔이 튕겨 벌어지자 빈틈이 고스란히 드러났다.

난 그 기회를 놓치지 않았다.

제갈호의 옆구리로 단검이 향한다.

스팟!

제갈호 역시 고스란히 맞고만 있지 않았다.

유연한 허리를 이용해 피하려 했지만 완전히 피하진 못한다.

"큭!"

뒤로 물러서는 제갈호.

탕! 탕! 탕! 탕! 철컥!

그는 접근을 막기 위해 마구잡이로 총을 쐈고 난 어쩔 수 없이 피해야만 했다.

제갈호는 탄창이 비자 바로 제거하고 허리로 손을 내려 탄창을 교체한다.

한 동작처럼 매끄러운 움직임에 난 공격할 타이밍을 놓친다.

"어이가 없군. 두 번 손을 섞었다고 쌍권무를 파훼하다니……."

쌍권무의 대응법은 쉽지 않았다.

공격을 막거나 피하는 습관을 일부 바꿔야 했고, 평소보다 더 바싹 붙어 공방을 주고받아야 했다.

다행인 점은 난 정형화된 무술보다 감각적인 전투에 익숙하다는 것이다.

그리고 그 익숙함이 상황을 역전시켰다.

띠띠띠띠! 띠띠띠띠!

손목시계가 운다.

첫 번째 알람이다.

봉구 형과 약속한 시간까지 앞으로 1분.

그전에 놈을 죽여야 한다.

난 빠르게 지그재그로 제갈호에게 붙어간다.

물론, 제갈호도 가만히 있지 않았다. 총을 쏘며 거리를 유지하려 한다.

곧 원하는 거리까지 접근한다.

하지만 붙는 순간, 과연 1분 안에 처리할 수 있을지 의문이

들었다.

파훼를 하자마자 무술 스타일이 바뀌었기 때문이다.

그렇다고 완전히 달라진 건 아니었다.

탕! 탕! 탕! 탕!

완만히 곡선으로 들어오던 손이 때론 직선으로 들어오기도 했고, 사격 또한 지금까지완 다르게 마구잡이식으로 이루어졌다.

그리고 어느 순간 팔이 십자로 교차되면 서로 이러지도, 저러지도 못하게 된다.

먼저 풀자니 반격이 조심스러웠다. 제갈호도 나와 마찬가지인 상태.

"대단해."

제갈호가 입을 열었다.

"…당신이야말로."

"쌍권무라고 만들어뒀지만 너 같은 고수와 목숨을 걸고 싸워보질 못해 엉성함은 생각도 못했지."

"영원히 엉성한 채로 남겠군요."

"글쎄, 끝까지 가봐야겠지."

"물론…."

띠띠띠띠! 띠띠띠띠!

시한폭탄이 터지기 10초전.

막 대답을 하려할 때 두 번째 알람이 울었고, 일순 틈을 보였다.

팔을 풀며 내 머리 쪽으로 손을 뻗는 제갈호.

한데 살짝 머리만 옆으로 돌리면 피할 수 있는 어이없는 공격이었다.

자유로워진 팔의 단검이 곧장 겨드랑이로 향한다.

하지만…….

타아아앙!

뇌까지 흔드는 총성이 귀를 강타한다.

온몸의 감각이 제갈호를 향하고 있던 상황에서 생각지도 못한 커다란 총소리는 일순 눈앞을 하얗게 만들었고 균형감각을 상실케 만든다.

위이이이이잉!

이명이 소리와 함께 시력이 돌아왔다.

겨드랑이로 향하던 내 공격은 얕았지만 그의 왼팔을 못 쓰게 만들었다.

하지만 짧은 순간 시력을 잃었던 대가는 컸다.

내 귀와 시력을 멀게 만들었던 총이 내 심장을 겨누고 있었다.

머리를 겨눴다면 피할 수 있었을 텐데…….

승리자가 된 제갈호는 팔을 다쳤음에도 환하게 웃고 있었다.

"…즐거웠네."

탕!

가슴뼈가 부서질 것 같은 고통과 함께 심장에 충격이 전해진다.

내 의지완 상관없이 뒷걸음치던 발이 난간에 걸렸다.

그리고 시선이 서서히 올라가며 하늘이 보였고, 몸은 공중에서 아래로 떨어진다.

'너 역시 승리자는 아냐.'

제갈호의 웃는 얼굴에 뱉고 싶었던 말은 나오지 않았다.

다만…….

띠띠띠띠! 띠띠… 콰아아아아아앙!

마지막 알람이 울며 유람선은 폭발했다.

*   *   *

"아저씨, 빨리 좀 갑시다."

"최대한 빨리 가고 있습니다. 그리고 진짜로 딱지는 형사님이 책임지셔야 합니다."

"그건 걱정 마시고 빨리요!"

"네네!"

유람선에서 총성을 들은 김 형사는 당장 경찰에 협조요청을 보냈다.

하지만 경찰이 도착할 때까지 기다릴 수 없어 택시를 타고 유람선을 따라 가고 있었다.

꽤 먼 거리라 유람선의 상황은 전혀 볼 수 없었지만 번쩍거림으로 인해 얼마 전까지 대규모 총격전이 있었음을 유추할 수 있었다.

창문 밖으로 보이는 유람선에서 시선을 떼지 않고 소리쳤다.

"이 새끼들은 왜 안 오는 거야!"

김 형사는 자신이 경찰임에도 늦장 대응인 경찰에 열불이 터졌다.

아직까지 간간히 보이는 총격으로 인한 번쩍거림이 아니었다면 벌써 상황이 끝났을 것이라 생각할 만큼 유람선은 고요해 보였다.

'넌 내가 잡는다. 죽지 마라⋯⋯.'

입구에서 본 사내들과 마지막으로 손을 흔들던 무찬의 모습이 생각났다.

무찬은 분명 유람선에서 발생할 일을 알고 있었다. 그래서 배가 움직이자마자 자신을 내던졌을 것이다.

'도대체 무슨 일을 벌이고 있는 거냐, 박무찬.'

창문을 보면서 생각에 빠져 있던 김 형사는 바라보던 유람선이 밝은 빛과 함께 폭발하는 걸 본다.

콰아아아앙!

뒤늦게 폭발음이 택시에 도달한다.

"허억! 무, 무슨 일입니까?"

택시 운전사는 폭발음에 꽤나 놀랐는지 김 형사를 보며 묻는다.

하지만 그는 운전사의 물음을 못들은 듯 소리쳤다.

"택시 세우세요! 지금 당장!"

"자, 잠깐만 기다리쇼."

갓길에 택시가 서자 김 형사는 택시에 내려 한강시민공원으로 뛰어 내려간다.

늦은 밤임에도 한강에 있던 사람들이 유람선이 폭발한 모습에 모여 구경을 하거나 스마트폰으로 촬영을 하고 있었다.

"맙소사……."

그리고 강변에 도착해 망연자실한 표정으로 불타며 가라앉는 유람선을 바라본다.

10장

흐름

쾅! 와장창!

분노한 주먹에 탁자는 부서지고 위에 놓였던 찻잔은 바닥에 떨어지며 요란한 소리를 만들어낸다.

"또… 또 당했다고?"

천외천의 문주인 남궁상민은 괴로운 듯 한손으로 얼굴을 가린 채 묻는다.

"…예. 작전에 시작되고 1시간이 안 돼 연락이 두절되었고, 확인 결과… 전멸이었습니다."

보고를 하는 30대 초반의 사내는 최대한 침착하게 보고를 하려 했지만 표정과 목소리엔 분노, 슬픔, 착잡함, 괴로움이

섞여 있었다.

"죄송합니다, 문주님."

"하아~ 자네가 미안할 게 무엔가. 놈이 그토록 강한 것을……."

"……."

"현무단의 분위기는 어떤가?"

"모두들 혼란스러워하고 있습니다. 게다가 공백 인원이 대량으로 발생해 청룡단의 사업 지원에도 차질이 일어나고 있습니다."

"그럴 만도 하지. 휴우~"

남궁상민은 창밖을 바라보며 긴 한숨을 쉰다.

정원에 핀 히비스커스의 붉은 꽃이 오늘따라 죽어간 문원들의 피처럼 느껴졌다.

피의 맹세를 발령한지 2년.

한국에 있던 박무찬이란 자는 스물다섯 명의 현무단원을 희생해 죽였다.

하지만 클로버라는 자는 주작단을 시작으로, 현무단, 심지어 백호단까지 투입했지만 죽이기는커녕 번번이 막대한 피해만 입고 있었다.

"그자는?"

"뒤를 밟던 주작단원이 죽어 어디로 갔는지 확인이 안 되고 있습니다."

"또다시 사라졌다?"

"예."

차라리 잘 된 일인지 몰랐다.

클로버라는 자, 강해도 너무 강했다.

10개월 전, 한 번에 현무단 100명과 백호단 2명에 마피아들까지 투입된 적이 있었다.

하지만 단 한 명도 살아남지 못했다.

그때 멈췄어야 했다.

하지만 복수에 눈이 먼 장로들이 계속해서 투입했고, 결국 지금과 같은 상황에 이른 것이다.

"…어찌실 생각이십니까?"

사내는 남궁상민의 표정을 살피다 조심히 물었다.

"현무단주의 생각은 어떤가?"

현무단주라 불린 사내는 잠시 생각을 하다 입을 열었다.

"문주님의 명을 따르겠습니다."

현무단주는 멈추자고 하고 싶었다. 명령이 어떨지 몰라 작전에 투입될 현무단을 준비 중이었지만 더 이상 피해를 입으면 돌이킬 수 없을지 몰랐다.

천무원에서 매년 현무단에 들어올 제자들을 키우고 있지만 그마저도 부족한 실정이었다.

물론, 5년만 지나면 예전의 성세를 다시 이룰 수야 있지만 지금은 경험이 풍부한 현무단이 절대적으로 부족했다.

"멈추게."

"예?"

"더 이상 클로버를 우리가 먼저 공격하는 일은 없을 걸세. 다만 위치는 파악해 두는 게 좋겠지."

"알겠습니다. 하오나 다른 장로님들께선……."

"그들도 반대하진 않을 거야. 대신 위치가 파악되면 그 근방의 폭력조직들에게 청부를 넣게."

좋은 생각이었다.

청부라면 돈을 들지 모르지만 현무단의 희생은 막을 수 있으니까 말이다.

"청룡단주에겐 내가 말해놓을 테니 필요한 금액을 언제든 청구하게. 그리고 최대한 빨리 현무단이 정상을 찾도록 노력해 주게."

"예, 문주님."

남궁상민이 손을 까닥이자 현무단주는 인사를 한 후, 남궁상민의 집무실을 나간다.

들어올 때완 달리 한결 편해진 얼굴이었다.

그가 나가자 총관이 들어와 깨진 탁자와 잔을 치우곤 새로운 것들을 가져와 남궁상민 앞에 놓는다.

그동안 남궁상민은 정원을 보고 있다가 자세를 바로하고 차를 마신다.

"총관."

"예."

"다른 일은?"

"상해에 있는 도련님께서 좀 곤란한 모양입니다."

"쯧! 이가 없으면 잇몸이 시리다더니……."

천외천의 살림을 책임지는 청룡단 본부의 위치는 상해였다.

현무단과 공조하여 각종 이권사업에 손을 대고 있었는데 클로버 때문에 현무단의 인원이 줄면서 틈이 생기게 되었고, 그 틈으로 새로운 조직이 들어앉은 것이다.

그리고 그 새로운 조직이 조금씩 이권사업을 갉아먹고 있는 형국이었다.

"이번엔 뭔가? 설마, 호텔카지노라도 뺏긴 건가?"

"청룡단 얘기가 아닙니다."

"그럼?"

"주식투자에서 손해를 본 것 같습니다."

"얼마나?"

"5억 달러 정도……."

"허! 멍청한 놈 같으니라고!"

청룡단의 사업규모를 볼 때 5억 달러는 큰 것이 아니었다.

한데 총관의 입에서 청룡단의 문제가 아니라고 했으니 개인적으로 입은 손해라는 뜻.

물론 개인적으로 입은 손해라고 할지라도 청룡단주니 충

분히 조직의 손해로 돌릴 수 있었다.

그럼에도 총관이 말을 하는 걸보면 그런 일이 몇 번 더 있어 더 이상은 조직의 손해로 돌리는 것이 불가능하다는 얘기였다.

파직!

남궁상민이 들고 있던 찻잔이 산산조각 나 버린다.

그리고 화를 참는지 한참을 부들거린다.

"…보내주게."

손자 이기는 할아버지 없다고 했던가.

남궁상민은 화를 가라앉히고 말했다.

5억 달러라면 큰돈이긴 하다. 그러나 수백 년간 쌓아온 재산에 비하면 얼마 되지 않는 돈이기도 했지만 부모가 없다고 너무 오냐오냐 키운 그의 잘못도 있었다.

그리고 무엇보다도 올해 말에 문주 후계자 경합이 있었기에 약점을 최대한 감춰야 할 때였다.

"예."

"그리고 다시 한 번 주식에 손을 대면 청룡단주직은 내려놓아야 할 것임을 확실히 말하게."

"알겠습니다."

"휴우!"

다시 긴 한숨을 쉬는 남궁상민.

피의 맹세를 발령할 때만 해도 권력이 집중되어 좋아라 했는데 한숨만 늘었다.

"너무 걱정 마십시오. 결혼하면 도련님도 좋아지실 겁니다."

"그렇게 될까?"

"물론입니다."

수십 년을 같이 한 총관의 말을 들으니 다소 마음이 풀리는 그였다.

"차를 더 드릴까요?"

"됐네. 아끼는 찻잔이 남질 않겠어. 업무가 끝나면 다시 마시기로 하지. 그래, 다음 건은?"

"오늘 주작단이 마인들이 지내던 곳을 찾아냈다는 소식입니다."

"그래?"

오늘 처음으로 기분이 좋게 만드는 얘기이었다.

"1년이 넘도록 조사해도 발견하지 못했던 곳을 비로소 발견했군."

"위성 촬영으로 지하의 씽크홀이 있다는 걸 몰랐다면 더 오래 걸렸을 겁니다."

"무엇이 나왔다든가?"

"진입하려면 며칠 더 걸릴 것 같다고 했습니다. 그리고 이 장로가 그곳으로 갈 예정이랍니다."

이 장로는 주작단의 황보유천의 할아버지로 남궁상민과는

번번이 부딪히는 관계였다.

"욕심 많은 늙은이 같으니라고."

"그래서 육 장로를 함께 보내려 하는데 어떠신지……."

"좋은 생각이군. 마인들이 당가의 독에 당했으니 시신이
있다면 확인하기 좋겠지."

"그럼 그렇게 조치하겠습니다."

"그래주게."

"알겠습니다. 그리고 오늘 업무는 이것으로 끝이니 차를
내오겠습니다."

남궁상민이 고개를 끄덕이자 총관은 조용히 방을 나간다.

총관이 나가자 남궁상민은 미간을 찌푸리며 생각에 빠진
다.

"마인의 소굴이라……."

남궁상민의 눈은 40여 년 전 혈사가 있었던 그날을 바라본
다.

천외천의 시작은 외세의 침입이 본격화되던 19세기부터였
다.

근대화되며 차츰 무술과 무인들이 사라져가자 위기를 느
낀 중국의 각 성에서 이름 난 무가와 무술가들은 힘을 합치게
된다.

20개의 가문과 무술가들이 모인 천외천은 가문의 무술을
전승시키기 위한 모임이었지만 시간이 지나며 그들의 가진

힘으로 인해 차츰 변질되기 시작했다.

암흑가를 평정하여 그들을 밑에 두고, 상권을 장악하고, 돈으로 고위층을 구워삶으며 영역을 넓혀갔다.

권력과 돈을 얻은 것까진 좋았지만 천외천은 내부로부터 서서히 썩어가고 있었다.

명예직에 불과했던 문주 자리를 얻기 위해 삼삼오오 편을 만들었고, 문주가 된 사람은 자신이 문주가 되도록 도운 이들을 중요요직에 앉혔다.

이득에 따라 이합집산을 반복하던 천외천은 10개 가문씩 2개로 나누어졌다.

여러 번 문주를 배출하여 돈과 권력을 가지게 된 정파와 개인주의 성향이 강하고 자신의 무술에 매진하는 사파로 말이다.

시간이 갈수록 두 집단 간에 불평불만이 많아졌다.

그리고 마침내 폭발했다.

시작은 정말 어이없을 정도로 간단한 문제로 시작되었다.

정파의 제자와 사파의 제자의 자신의 무술이 더 뛰어나다는 말싸움이 몸싸움으로 번졌다.

그런데 사파 제자의 주먹에 정파 제자가 어이없이 죽는 바람에 결국 오랫동안 쌓인 감정의 골이 터져 나오며 혈사로 이어졌다.

당연히 처음엔 무술이 고강했던 사파가 유리했다.

그러나 암흑가를 움직이고 권력자들을 이용할 수 있는 문주의 힘이 발휘되며 역전을 할 수 있었다.

비록 사파에 비해 더 큰 힘을 가지게 되었지만 차이가 크지 않아 양측의 피해는 점점 커져갔다.

조금만 더 시간이 지나면 다 망할 수 있다고 생각한 양측 대표는 대회전을 약속한다.

대회전 장소는 마다가스카르의 외딴 무인도.

대회전 당일.

당시 문주였던 제갈천은 정정당당하게 붙으면 승산이 적다는 걸 알곤 당가를 이용해 독을 풀게 된다.

당가의 용독술에 당한 많은 사파인원은 싸워보지도 못하고 죽었다.

하지만 열 명의 가주들은 제갈천의 예상보다 훨씬 강했다.

독에 중독되고도 열 명이서 대회전을 준비한 정파 수백 명의 사람들과 싸웠고, 특히 당가 사람은 쫓아가 죽이는 실력을 내보였다.

그러나 시간이 지나자 독과 인원수에 밀린 가주들은 결국 도주를 선택했다.

정파는 쫓지 않았다.

문주였던 제갈천이 죽은 탓도 있지만 생각지도 못하게 피해가 많았고, 승자가 타고 가기로 한 배만 타고 사라진다면 식수도 구하기 힘든 무인도에서 열 명이 살아갈 수 없다고 생각한 것이다.

그렇게 무인도에 열 명을 놔두고 배를 타고 떠남으로서 정사대전이 끝났다.

승리자는 모든 것을 가졌다.

돈, 권력, 명예까지.

사파의 인물들은 피에 미친 마인으로 불리게 되었고, 그들과 연관 있던 자들은 모조리 색출되어 죽음을 맞아야 했다.

당시 대회전에 참석했던 남궁상민은 지금은 마인이라 불리는 열 명의 실력을 똑똑히 기억하고 있었다.

그 마인들이 살아 있을 리 없겠지만 섬을 탈출한 이들이 마인의 무예를 사용하는 걸 봐서는 어딘가에 그들의 무공이 남아 있을 가능성이 높았다.

'반드시 찾아야 한다.'

클로버라는 괴물이 없었다면 그따위 마공서가 필요 없었겠지만 그의 약점을 잡고, 더 강한 천외천을 만들기 위해선 꼭 필요했다.

상념에서 깼다.

총관이 언제 들어왔다가 나갔는지 찻잔이 놓여 있었는데 꽤 오랜 시간 과거를 여행하고 왔는지 미지근하게 식어 있었다.

"후후룩!"

남궁상민은 지금의 마음처럼 쑵쓸하고 텁텁한 차를 음미

하며 눈을 감는다.

*   *   *

쾅! 쾅!

무인도에 때 아닌 폭음이 연속적으로 들린다.

뿌옇게 치솟았던 먼지가 조금씩 가라앉자 한 사내가 폭발 지점으로 달려간다.

"뚫렸습니다!"

사내의 외침이 들리자 멀찍이 떨어져 있던 사람들이 일제히 그곳을 향해 나아간다.

중국 전통 무복을 입은 두 노인과 정장차림의 20대로 보이는 청년은 그런 모습을 지켜본다.

그러다 먼지가 완전히 가라앉자 청년이 입을 열었다.

"할아버지, 육 장로님. 가시죠."

"그래."

"……."

황보유천의 말에 이 장로는 고개를 끄덕였지만 육 장로는 별말 없이 걸음을 옮긴다.

먼저 달려갔던 이들은 열심히 일을 하다 노인과 청년이 가까이 다가오자 길을 턴다.

그리고 그중 덩치가 큰 한 명이 다가와 세 사람에게 보고를 한다.

"뚫렸습니다. 혹시 모를 위험이 있을지 몰라 주작단 1개 소대를 먼저 내려 보냈습니다."

"고생했네."

이 장로가 덩치의 어깨를 두드린다.

"1년 넘게 고생한 단주님만큼은 아닙니다."

그의 말에 이 장로와 황보유천은 흐뭇하게 웃었지만 육 장로는 뻔히 보이는 자화자찬에 인상을 쓰며 고개를 돌린다.

그때 덩치가 들고 있던 무전기가 울린다.

―여긴 3조. 아래엔 아무 이상이 없습니다. 그리고 마인이 이곳에서 산 것이 확실해 보입니다.

"알았다. 두 장로님이 내려갈 때까지 아무것도 만지지 말고 주변을 살피며 대기할 것.

―알겠습니다.

"내려가서도 될 것 같습니다. 이쪽으로."

덩치가 옆으로 물러서자 세 사람은 좀 더 앞으로 나아갔다.

그러자 지름 5미터 정도의 구덩이에 밧줄이 여러 개 걸려 있는 것이 보였다.

"시간을 주시면 그들이 사용했을 입구를 찾겠습니다. 그때 편하게……."

"됐다."

육 장로는 말을 끊고 구멍으로 몸을 날렸다.

'성격 급한 늙은이 같으니라고.'

황보유천은 살짝 인상을 쓰며 이 장로를 봤고, 그가 고개를 끄덕이자 곧바로 뒤따른다.

20m 정도 되는 높이였지만 밧줄로 떨어지는 속도를 두 번 정도 잡아주자 세 사람은 손쉽게 아래로 내려 설 수 있었다.

황보유천은 선발대가 켜놓은 불빛에 의존해 주변을 둘러본다.

흡사 돔형 경기장처럼 생긴 동혈로 화강암이 물에 녹아 만들어진 곳이었다.

천정에 나무뿌리들이 마치 커튼처럼 늘어져 있었고, 그 아래론 커다란 바다 호수가 자리하고 있었다.

"섬에 이런 곳이 있을 줄 상상도 못했습니다."

"그러니 찾는데 1년이 걸린 것이겠지."

"살펴보시죠."

"그러자구나."

내려온 곳에서 그리 멀지 않은 곳에서 육 장로는 전등을 들고 벌써 살피고 있는 중이었다.

"뭔가를 찾아내셨습니까?"

"……"

황보유천이 다가오며 묻자 육 장로는 손을 들어 기다리라고 표한다.

육 장로가 살피고 있는 곳은 다른 벽보다 움푹 파인 곳으로 바닥엔 흙이 볼록하게 올라와 있었고, 앞쪽에 나무로 만들어진 십자가가 박혀 있었다.

"파게."

"예? 예예!"

"조심히 파게. 시신에 손상을 입으면 안 되니."

육 장로가 망을 보는 주작단원에게 말한 후 다시 자리를 옮긴다.

그를 따르며 황보유천이 물었다.

"무덤입니까?"

"둘러보게. 자네도 금방 알아차릴 테니."

'입으로 얘기하면 덧나나?'

육 장로의 태도가 마음에 들지 않았지만 한참 연장자라 내색 없이 다시 주변을 돌아본다.

"아!"

듣는 것보다 보는 것이 빨랐다.

가운데 호수를 가운데 두고 둘레로 방금과 같은 움푹 파인 곳이 11군데가 있었고, 10군데에 십자가 같은 것이 박혀 있었다.

"마인들의 무덤이구나. 하긴, 살아 있다면 100세가 훌쩍 넘었겠지."

"소손이 보기에도 그렇습니다."

이 장로는 걸음을 멈추고 황보유천에게 물었다.

"이상한 점을 못 느끼겠느냐?"

이 장로의 질문에 의아함을 느낀 황보유천은 가만히 생각하다가 소리쳤다.

"십자가!"

"맞다. 열 명의 마인은 한 사람에 의해 매장되었다. 그리고 그 한 사람은 중국 사람이 아닐 가능성이 높지."

"그러고 보니 무덤이 서양식에 가깝군요. 그렇다면······."

황보유천은 날듯이 뛰어 호수 둘레를 한 바퀴 돈다. 그러다 움푹 파인 한 지점에서 걸음을 멈췄다.

"이곳엔 무덤이 없습니다."

다른 열 곳과 달랐다.

무덤도 없었고, 바싹 마른 풀과 천으로 만들어진 잠자리가 있었다.

또한 잡다한 물건들이 주변에 먼지가 쌓인 채 놓여 있었다.

어느새 옆에 온 육 장로는 물건들을 하나씩 살펴본다.

"먼지가 쌓인 것을 볼 때 길어야 2~3년 되었다."

"여기에 있었던 자가 클로버란 말입니까?"

"아마도."

"저희 문에서 추측했던 것이 진짜였군요."

피의 맹세가 시작되고 모든 것을 철저히 조사하기 시작했다.

그러다 보니 자연스럽게 클로버에 대한 이상한 점을 발견했다.

섬을 경기장으로 처음 사용할 때 실어 나른 사람들은 115명
이었는데 그 인원에 클로버는 없었다.

이후로도 마찬가지.

한데 갑자기 어느 날부터 그가 나타나 사람들을 죽이기 시
작한 것이다.

또한 서서히 섬에 있는 사람들의 실력이 올라가기 시작했
다.

그런 점에서 내부적으로 그가 섬이 경기장으로 운영되기
전부터 살고 있었다는 결론을 내린 것이다.

그리고 그의 강함은 마인의 후인이거나 무공서를 보고 배
웠을 것이라 추측했다.

한데 오늘 그가 살았던 곳을 보니 무공서를 보고 배운 것이
아니라 후인이라는 걸 알 수 있었다.

"한데 놈은 어떻게 이곳에 왔을까요?"

"표류를 했겠지."

"그럴 가능성이 제일 높겠군요."

황보유천은 말을 멈추고 두 장로와 함께 무공서가 있을지
도 모른다고 생각해 열심히 뒤졌지만 섬에 공급했던 빵 따위
를 제외하곤 아무것도 없었다.

"시신이 나왔습니다!"

그러다 시신이 나왔다는 소리에 일제히 그곳으로 향한다.

옷으로 보이는 낡을 대로 낡은 헝겊 사이로 뼈들이 보였다.

육 장로는 손이 더러워지는 걸 신경 쓰지 않고 주변의 흙들을 치우며 시신을 살핀다.

그러다 부서질 것 같은 헝겊에 그려진 마크를 보곤 잠시 손을 멈춘다.

"철혈문의 독문표시!"

이 장로가 마크를 보고 소리친다.

"자세한 검사를 해봐야겠지만 종려운 장문이 아닐까 합니다. 시신 상태를 볼 땐 죽은 지 20~30년쯤 된 것 같군요."

"허! 귀문의 독에 당하고, 우리에게 그토록 상처를 입고도 10년 이상을 살았다는 말이군요."

"그런 것 같소이다."

황보유천은 두 장로의 말을 이해할 수 없어 듣고만 있어야 했다.

그러다 파헤쳐진 시신 한쪽에 살짝 보이는 뭔가를 보고 외쳤다.

"이거 혹시 책이 아닙니까?"

"……!"

"어디……."

땅의 흙을 조심스럽게 파자 황보유천의 말처럼 책 모양의 물품이 나온다.

하지만 이미 낡을 대로 낡았고, 겨우 겉표지만 반쯤 남아 있을 뿐 어떤 수를 써도 복원할 수 없을 만큼 삭다 못해 녹아 있었다.

"철… 혈… 신… 안."

육 장로는 극도로 조심히 흙을 긁으며 겉표지에 적힌 글을 읽는다.

"철혈신안? 철혈문에 그런 무공이 있었소이까?"

"철혈문과 다소 교류가 있었는데 들어본 적이 없소이다."

"허! 그럼 이곳에서 새로 만들었다는 소리인데……."

"일단 복원을 해봐야 정확한 것을 알 수 있겠지요. 시신은 물론 이 근처의 흙도 모조리 자루에 담아라!"

"예!"

"여기도 시신이 발견되었습니다!"

지시를 내린 세 사람은 다시 자리를 옮긴다.

그렇게 이들은 총 10구의 시신과 10개의 낡은 책을 찾을 수 있었다.

세 사람이 클로버가 드나들었던 입구를 통해 나온 것은 늦은 밤이 된 후였다.

두 장로의 표정은 과거의 편린을 본 듯 착잡해 보였다.

이 장로가 별로 가득찬 하늘을 보며 말했다.

"마인들은 도대체 이곳에서 어떤 생각을 했을까요?"

"글쎄요, 아마 우리에게 복수할 날만 기다리며 무공을 만들고 있지 않았을까요. 그러다 우연히 표류한 사람을 만나 그에게 전수를 했고요."

육 장로도 하늘의 별들을 보며 답한다.

"큰일이군요."

"……."

"철혈신안, 음양교합법, 제령섭혼술, 광마심법, …이름만으로도 그들의 한이 느껴지는군요."

"이름만 거창한 무공이라 말하고 싶지만 이미 클로버라는 괴물이 얼마나 파괴적인 무공들을 배운 것인지 증명을 하지 않았습니까?"

"그러게 말입니다. 어찌해야 할지……."

"막아야지요. 아니 놈을 죽여야 하지요. 우리 당가의 철천지원수의 제자가 아닙니까!"

"당연히 그래야겠지요. 내부의 갈등조차 해결하지 못한 상태에서 이번엔 얼마나 많은 희생이 따를지 걱정입니다."

육 장로는 흘낏 이 장로의 얼굴을 본다.

그의 말에서 어떤 의도가 느껴졌기 때문이다.

현재 천외천은 차기 문주의 후계자를 뽑기 직전이라 남궁가와 황보가를 중심으로 세력이 나누어져 있었다.

남궁상민이 문주로 있어 세력적으로는 우위에 있었지만 후계자 경합은 결국 장로의 투표로 결정나는 일이었기의 육 장로의 한 표는 큰 의미를 가지고 있었다.

그러나 육 장로는 현재 후계자 싸움을 하는 두 사람을 탐탁지 않게 생각하고 있었다.

그의 목표는 가문의 존속과 당문을 약하게 만든 놈들에 대한 복수밖에 없었다.

그렇다고 복수만을 부르짖을 만큼 연륜이 없진 않았다. 그도 천외천의 장로로서의 자각은 있었기에 조용히 말했다.

"새로운 후계자를 뽑고 나면 괜찮겠지요."

"그렇겠지요. 한데 들으셨소이까?"

"무얼 말이오?"

"문주가 클로버에 대한 공격을 멈추기로 했소.

"……!"

"현무단이 피해가 커 천외천의 일부가 흔들리고 있다는 명분은 있으나 피의 맹세를 사실상 포기한다는 소리와 같지 않겠소?"

"현무단의 피해가 크다는 얘기는 들었소만……."

"아무리 그래도 그렇지 마인의 후예를 놔두겠다니 이해가 되질 않소이다. 물론 정비를 하기 위한 멈춤인지는 두고 봐야 알겠지만 말입니다."

이 장로는 딱딱하게 굳은 육 장로의 얼굴을 보며 안타까운 듯 얘기했지만 속으로는 웃고 있었다.

비록 황보유천을 밀어준다 하지 않았지만 육 장로의 성격에 이런 말을 듣고 남궁린은 믿지 않을 거라 생각해서였다.

마인들의 비급은 얻지 못했지만 육 장로의 마음을 흔들었다는 것에 만족스러운 그였다.

11장

상하이

　국제도시 상하이.

　중국의 북경과 더불어 2대 도시 중 하나이고, 가장 빠른 경제 성장을 이루고 있는 곳이기도 했다.

　특히 현대적 고층빌딩과 전통적인 건축물들이 멋지게 어울려 있어 중국의 현대와 과거를 보여주는 도시였다.

　상하이 제일 번화가로 알려진 남경동로.

　더위가 서서히 가시는 시간, 거리로 수많은 사람들이 오고 가고 있다.

　"휘이~익~ 휘윅~"

　꽃무늬 반팔 티에 청바지, 샌들을 신은 청년이 휘파람을 불며 부지런히 걷고 있다.

"오늘도 시작해 볼까?"

한 건물 앞에 선 꽃무늬 반팔 티의 청년은 손깍지를 껴 앞으로 쭉 내민 후, 안으로 들어간다.

천락.

천상의 즐거움이라 적힌 붉은색의 건물은 5층 전부가 마사지 실로 되어 있는 곳이었다.

"어서 와, 찬."

"안녕!"

입구로 들어서자 옆이 길게 터진 붉은색 치파오(중국 전통 의상)를 입은 아가씨가 인사를 한다.

웃는 얼굴로 가볍게 인사를 한 찬이라는 이름의 청년은 곧장 엘리베이터에 오른다.

천락의 1층은 발마사지를 전문으로 하는 곳이고, 2층과 3층은 전신 마사지를 하는 곳이다.

그중 4층과 5층은 VVIP를 위한 마사지가 이루어지는 곳으로 2, 3층보다는 최소 5배 이상 비싼 곳이었다.

사내는 4층에서 내렸다.

"왔냐?"

두 명의 경호원 중 키가 190은 넘어 보이는 남자가 손을 들어 인사를 한다.

"예, 사형."

"여기선 그렇게 부르지 말라니까."

"네네, 아저씨."

"……."

찬의 말에 인상을 구기는 남자, 하지만 찬은 이미 안으로 들어가고 있었다.

"여!"

"요!"

"어서와."

"누님, 갈수록 예뻐져요."

지나는 사람마다 인사를 한 찬은 중간에 있는 계단으로 5층으로 올라간다.

4층도 2, 3층에 비하면 조용하고 고급스럽게 꾸며져 있는데 5층은 정도가 심하다 싶을 정도로 조용하고 화려하게 꾸며져 있었다.

"왔니?"

짙은 갈색 정장에 목은 스카프로 멋을 낸 중년 여인이 차분한 음색으로 말한다.

"예, 마담."

지금까지 약간은 경박스럽게 말하던 청년 찬도 마담이라 불린 여성 앞에선 얌전을 떤다.

"3분 늦었구나?"

늦었다는 소리에 죽상이 되는 찬.

피와 살이 빠지게 하는 마담의 잔소리는 한 번 시작하면 30~40분은 금방이었다.

"그게… 지하철을 잘못 타서……."

"얘기는 나중에 하자. 예약 손님이 기다리고 계시니 얼른 준비하고 들어가 봐. 5분 뒤에 보내마."

"예!"

변명을 하다 나중에 얘기하자는 소리에 얼굴이 활짝 펴진 찬은 날듯이 자신의 일터인 방으로 뛰어간다.

유럽풍으로 꾸며진 방에 마사지를 위한 침대가 가운데 놓여 있었고, 그 위로 거인의 손을 잘라 벽에 끼운 듯한 조각품에 달린 조명이 은은한 빛을 발하고 있었다.

그러나 일터였기에 그런 인테리어는 눈에 들어오지 않았다.

곧장 한쪽 벽 뒤에 있는 쪽방으로 들어가 작업복으로 갈아입고 손님이 들어오길 기다린다.

문이 열리고 마담만큼 세련된 40대 초반의 여성이 새하얀 샤워가운을 입고 들어온다.

"어서 오세요, 누님. 오랜만이네요."

"그동안 바빴거든. 찬은 잘 지냈어?"

"저야 항상 잘 지내죠."

"호호호! 넌 언제나 힘이 넘친다니까."

자주 봤던 사이인지 대화엔 거리감이 없다.

"하하하! 그 기운을 누님께 드리죠! 누우세요."

"일한다고 어깨가 많이 뭉쳤어. 부탁해."

"말씀 안 하셔도 돼요. 만져만 봐도 어디가 이상 있는지 금세 아니까요."

"호호호! 그래."

여자는 샤워가운을 벗는다.

한데 아래를 가리는 손바닥만 한 속옷을 제외하곤 알몸이었다.

나이답지 않게 여전히 팽팽한 가슴을 드러내는데도 부끄러움은 없어 보였다.

침대에 엎드리자 찬은 하체 부근에 수건을 올리고 본격적인 마사지에 들어갈 준비를 한다.

한 병에 50위안(1위안=170원 기준)이나 하는 오일을 손에 올려놓고 차가운 기운이 없어질 때까지 기다린 그는 목과 등, 팔에 골고루 바른다.

그리고 손가락의 힘을 이용해 지압하듯이 마사지를 시작한다.

"으음! 역시 찬이만큼 시원하게 하는 사람은 없어."

"하하하! 감사, 감사."

"정말이야. 여기까지 올 시간이 없어 회사 앞에서 받아봤는데 찬이 할 때완 천양지차더라고."

"오케이! 칭찬은 그만. 더 칭찬했다간 온몸의 기를 다 써서 다음 손님 못 받습니다."

"칫! 아깝네."

둘의 대화는 무척이나 즐겁게 이어진다.

한데 찬의 표정이 이상하다.

아까완 다르게 말은 즐겁고 신났지만 표정은 지독히 무표정이다.

전신 마사지는 기본이 45분, 혹은 60분, 다리마사지는 30분.

풀코스로 하면 1시간 30분이 걸리는 마사지였다.

그 시간동안 온몸을 떡 주무르는 듯하지만 찬의 표정엔 어떤 욕정도 없었다.

"끝!"

1시간 20분정도 지나자 찬은 밝은 목소리로 외쳤다.

그는 마치 사우나를 한 듯 땀을 뻘뻘 흘리고 있었고, 여자는 마치 마약을 맞은 사람처럼 몽롱한 목소리로 말한다.

"하아… 앞은 안 해줘?"

아까 찬은 앞쪽도 마사지를 했었다. 한데 또다시 해달라는 말인가?

"누님이 괜찮다면 당연 해드리죠."

여자는 자연스럽게 돌아눕는다.

그러자 약간의 오일을 다시 손에 묻힌 찬의 손이 그녀의 가슴을 만지기 시작한다.

"으음, 아! 으응……."

달뜬 신음 소리가 찬의 일터를 가득 채우고, 여자의 몸이 자극적으로 움직인다.

그러나 살짝 웃음 띤 찬의 얼굴은 변화가 없었다.

"진짜 끝!"

마치 성행위를 방금 마친 사람처럼 여자의 얼굴은 상기되어 있었고, 눈은 풀려 있었다.

"천천히 일어나서 차 드세요. 그래야 몸에 노폐물이 싹 다 빠져요."

찬은 손을 씻고 땀을 닦으며 그녀가 일어나길 기다린다.

5분쯤 더 누워 있던 여자가 일어나 옆에 놔둔 샤워가운을 입고 차를 마신다.

"내 가슴이 처지지 않는 건 다 찬이 때문이야."

"누님이 관리를 잘해서겠죠."

"아냐. 네 손은 세월을 거스르는 힘이 있다니까."

"헤헤. 뭐, 누님이 그렇다니 기분은 좋네요."

예약된 시간이 모두 끝났음을 알았을까 여자는 차를 들이 켠 후 은근한 목소리로 묻는다.

"오늘 몇 시에 끝나?"

"저 잘리는 거 빤히 알면서……."

"내가 나이가 많아서 그런 건 아니고?"

"누님 그러지 마세요. 안 그래도 지금 참느라 죽을 것 같거 든요. 정말 돈만 필요하지 않았으면 여길 당장 때려치울 텐데……."

찬은 부드럽게 그녀의 제안을 거절한다.

"하여간… 마음 바뀌면 연락해. 고생했어. 팁은 두둑히 넣고 갈게."

여자는 아쉽다는 표정으로 일어났다.

그리고 찬의 가슴을 더듬으며 밖으로 나간다.

"감사합니다! 다음에 또 오세요, 누님……."

밝은 목소리를 인사를 하던 찬은 문이 닫히자 언제 그랬냐는 듯 무표정한 얼굴로 바뀐다.

예약자와 예약자 사이의 휴식시간은 20분.

지각에 마지막 가슴마사지까지 하느라 15분을 까먹었다.

5분 뒤면 다시 새로운 손님이 들어올 것이다.

아니나 다를까 방에 달린 인터폰이 울린다.

―5분 뒤에 다음 손님.

사무적인 마담의 목소리.

"예."

대답을 하고 인터폰을 끊은 찬은 짧은 휴식시간 동안 앉았다 일어섰다를 반복한다.

찬이 이곳 천락에서 일을 시작한지 일 년이 되었다.

처음 1층에서 1개월 일하다 마담의 눈에 떠어 2층으로 옮겼고, 다시 2개월 일하다 3층으로 옮겼다.

3층에서 4층으로 올라가는 건 일한 기간과는 상관없이 없었다.

오로지 실력과 단골손님의 충성도에 좌우가 되었는데 이 역시 2개월 만에 올라갔다.

그리고 4층에서 네 달 만에 마지막 5층에 올랐다.

찬의 성장은 유례가 없던 것이었다.

5층에 올라온 찬이 일하는 시간은 7~8시간.

하루 네 명 이하로 예약을 받는데 버는 돈은 팁까지 합하면 1층에 있을 때보다 수십 배였다.

3명을 끝내고 나니 10시 반.

휴식 시간마다 틈틈이 운동을 하던 찬도 이 시간이면 그냥 앉아서 쉰다.

기를 사용해 마사지를 하다 보니 충전시간을 겸한 것이다.

눈을 감고 빈 단전을 채우고 있는데 다시 인터폰이 울린다.

그리고 5분 후, 손님이 들어온다.

'능려안!'

이 일을 시작한 계기가 된 여자.

"안녕."

"어서 오세요."

동양임에도 색기가 줄줄 흐르는 능려안은 인사가 끝나자마자 옷을 벗고 마사지 침대에 엎드린다.

찬은 아무 말도 없이 마사지를 시작했다.

다른 손님과는 다르게 능려안의 마사지는 좀 더 많은 기를 사용하고 교묘하게 혈도를 자극한다.

"아아~ 아웅~ 아아아~"

시작하고 10분이 되지 않아 신음소리를 내는 능려안은 몸을 뱀처럼 꿈틀거린다.

"아흑, 아흑~"

하체를 마사지 할 땐 우는 듯한 소리로 바뀐다.

1시간 쯤 지속되니 귀가 얼얼할 정도였지만 찬은 그저 자신의 할 일만 한다.

"하악!"

마침내 능려안은 온몸을 부들거리다 절정에 이르렀고, 잠시 움찔거리던 그녀는 조용히 입을 연다.

"…그 …만."

찬은 마사지를 멈추고 천천히 그녀를 쓰다듬는다.

마치 섹스를 마치고 후희를 하는 모양새다.

그마저도 끝이 나자 찬의 손을 툭 치곤 침대에서 일어난다.

그녀의 속옷은 흠뻑 젖어 있었다.

"고생했어."

"별말씀을요."

"기다릴게."

그 말을 끝으로 능려안은 샤워가운을 입고 나간다.

찬은 방을 대충 정리했다.

나머지는 청소하는 이가 해줄 터.

옷을 바꿔 입고 밖으로 나갔다.

벌써 12시다.

"고생했어. 휴일 전이라 잔소리는 안하겠지만 월요일 날 늦지 마."

"헤헤, 물론이죠."

마담의 잔소리 앞에선 약간 비굴해지는 찬이다.

"그리고 시간 좀 늘리는 거 어때?"

"그럼, 저 죽어요. 이게 얼마나 기가 빨리는 지 마담도 알잖아요."

"엄살은… 월요일 날은 대신 다섯 건이다."

"네네."

그마저도 못한다고 하면 당장 잔소리를 할 기세였기에 찬은 고개를 끄덕인다.

"자, 손님들이 남기고 간 팁."

"감사합니다."

네 개의 봉투는 모두 두툼했다.

인사를 하고 4층으로 내려오자 찬의 사형이라는 덩치 큰 경호원이 씩 웃으며 묻는다.

"많이 받았냐?"

"적당히요."

"내일 술 살 거지?"

"쳇! 무슨 사형이 매일 사제한테 얻어먹어요?"

"내가 너보다 많이 벌면 한 턱 쏘마."

"컥! 결국 안 산다는 얘기잖아요?"

"언젠가 내가 더 벌겠지."

"에구. 말을 말아야지. 내일 뵈요. 아니, 시간상 오늘이니 오늘 아침에 뵈요."

"조심히 들어가라."

찬은 덩치 크고 순해 빠진, 다만 뻔뻔하기만 한 사형이 싫지 않았다.

엘리베이터를 타 겉에 넉 사(四)라 적힌 봉투를 열었다.

3,000위안과 돈 사이에 쪽지가 나온다.

'칼튼 호텔 1204호.'

돈은 다시 봉투 속으로 넣고 쪽지는 입 안에 넣어 오물거린다.

능려운이 이곳 천락에 다닌다는 걸 안 것이 작년이었다.

그리고 그녀를 처음 마사지 한 것이 6개월 전, 그때부터 능려운과 찬은 이런 미묘한 관계를 유지하고 있었다.

칼튼 호텔은 남경서로에 위치했는데 인민광장을 중심으로 남경동로의 반대편에 위치해 있었다.

보행자 전용도로에서 나와 택시를 타고 바로 칼튼 호텔로 향한다.

능려운은 기다리는 걸 싫어했다.

호텔에 도착해 1204호로 가 노크를 했다.

"어서 와."

"오래 기다렸죠. 늦게 와서 미안해요."

찬은 미안하다는 표정과 함께 저자세를 취했다.

능려운은 청룡단 단주인 남궁린의 비서였다.

남궁린의 마초적이고 다혈질적인 성격에 스트레스를 받은 능려운은 밖에서라도 남자 위에 섬으로서 스트레스를 풀려고 했다.

그래서 찬은 그녀의 비위를 맞추기 위해 그렇게 행동하는 것이었다.

"다음부터 늦으면 끝인 줄 알아."

"저~얼대 늦을 일 없을… 흡!"

능려운은 말하는 도중 키스를 한다.

일부러 놀란 척했던 찬은 곧 눈을 감고 키스에 몰두한다.

키스와 함께 그의 손은 능려운의 옷을 벗겨간다.

'벌써 달아올랐군. 정말 색녀야, 색녀.'

옷을 벗길 때마다 스치는 손에 그녀는 움찔거렸고, 곧 눈부신 나신이 나타났다.

성적인 욕구에서도 능려운은 비틀려 있었다.

마치 남자처럼 애무를 받기를 좋아했다.

알몸이 되어 있는 그녀의 몸을 혀로 애무하던 찬은 배꼽 아래에서 한참을 머문다.

교성을 터뜨리며 가느다란 손가락이 찬의 머리를 쥐어짜
듯 잡으며 앞으로 당긴다.

마치 계속하라는 듯.

"하악! 하악! 치, 침대로."

전희가 만족스러웠던 능려운은 침대를 허락했다.

찬은 그녀를 안고 침대로 간다.

온 신경이 하체로 쏠린다.

일이라는 걸 알면서도 능려운의 색기와 타고난 명기에 나
역시 열락에 빠진다.

1년 6개월 전, 유람선에서 제갈호의 총에 심장을 맞은 나는
정말 죽는 줄 알았다.

그런데 천운이었을까.

해윤이에게 받았던 하트 모양의 티타늄이 내 생명을 구했
다.

그럼에도 총탄의 충격이 그대로 전해져 유람선에서 떨어
지며 잠시 정신을 잃었었다.

한데, 차가운 물속에 빠지자마자 곧 정신을 차렸다.

한강을 빠져나와 계획대로 위즐러 챈의 여권으로 중국에
오게 되었다. 그러나 제갈호와의 싸움으로 난 스스로에 대한
부족함을 느꼈다.

무작정 천외천과 싸우는 것이 불속에 뛰어드는 나방과 같

은 짓이라는 걸 깨달았다.

결국, 천외천을 알고 시간을 두고 서서히 무너뜨리기로 우리는 합의를 했다.

중국인이 되어 일상생활을 하며 천외천에 대해 정보를 모으던 중 능려운에 대해 알게 되었다.

나는 바로 그녀가 단골로 오는 '천락'에 취직을 했고 몇 달 전 능려운을 손에 넣을 수 있었다.

폭발이 일어났다.

나와 능려운이 하나가 되며 이룬 폭발이었다.

난 그녀의 위에 엎어지며 조용히 귀에 속삭였다.

마치 사랑을 얘기하듯.

"열려라, 참깨!"

방금 전까지 쾌락에 물들어 있던 능려운의 눈이 일순 멍해진다.

천외천이 버글거리는 곳에서 일하는 그녀에게 일반적인 최면을 걸어두면 들킬 염려가 높았다.

그래서 선택한 것이 특정 단어를 들었을 때만 최면에 걸리는 방식을 이용했다.

"오늘 어떤 일이 있었는지 상세히 말해 봐."

일주일이나 이 주일에 한 번씩 찾아오는 그녀를 통해 청룡단에서 일어나는 일은 거의 모든 것을 알 수 있었다.

주식으로 남궁린을 엿 먹인 것도 다 이렇게 얻은 정보를 이용한 것이었다.

"…섬에서 마인들이 숨어 있던 장소를 찾아냈다고 합니다."

"마인?"

"40년 전 혈사를 일으킨 사람들이라는 것만 알고 있습니다."

"40년 전 혈사에 대해 아는 대로 얘기해 주겠어?"

"혈사는 잘못된 내공을 익혀 머리가 오염당한 이들이 일으킨 반란으로……."

일주일 만에 온 능려운이었기에 1시간 정도 지나자 필요한 정보는 대부분 빼냈다.

마지막 질문이었다.

"다음 주 스케줄은 뭐가 있지?"

"월요일은 주말 수익 정산을 제외하곤 없습니다. 화요일은 삼합회 간부들과 회동이 있습니다. 수요일은…(중략)… 금요일엔 제갈화령이 상하이로 오기로 되어 있습니다."

"제갈화령이?"

제갈화령은 이 장로의 손녀로 남궁린의 약혼녀였다.

문득, 천외천을 혼란에 빠뜨리게 할 방법이 머리를 스친다.

"예. 두 사람은 곧 결혼을 할 예정입니다."

"그건 알고 있는 일이고. 제갈화령이 상하이를 떠나기 전에 그녀를 데리고 천락으로 와."

"알겠습니다."

"할 수 있겠어?"

"할 수 있습니다."

"그래, 꼭 기억해! 제갈화령과 천락에 꼭 들러."

난 몇 번이고 그녀에게 암시를 준 후 최면에서 깨울 준비를 했다.

적당히 옆으로 눕고 마치 그녀에게 안긴 듯한 모습을 한 채 눈을 감고 말했다.

"닫혀라, 참깨."

최면에 깨여 잠시 어리둥절해 하는 그녀.

그러나 섹스가 끝난 후 잠들었다 중간에 잠을 깬 것이라 생각했는지 내 머리를 꼭 안으며 잠이 든다.

*　　　*　　　*

제갈호와 싸우며 느낀 내 단점은 기본기가 전혀 없다는 것이다.

실력을 키울 필요가 있음을 알았다.

상하이에 도착하자마자 무관들을 돌며 기본기를 배울 만한 곳을 찾아다녔다.

최종적으로 선택한 곳은 장씨 연환권을 가르치는 무관이었다.

아직까지 어두운 새벽.

호텔을 나와 지하철을 탄다.

상하이의 지하철은 공항처럼 검색대를 통과해야 하는데, 처음 지하철을 탈 때 단검을 차고 있던 난 꽤나 당황했었다.

덜컹거리는 지하철 의자에 앉아 어디론가 향하는 사람들을 본다.

스마트폰을 보는 이들, 이른 출근인지 꾸벅꾸벅 조는 이들, 술에 취해 한 줄의 자리를 다 차지하고 자는 사람까지.

서울이나 이곳이나 사람 사는 곳은 다 똑같았다.

도관으로 향하는 길.

지하철에서 내리 조금 걷자 위장을 자극하는 음식 냄새로 가득하다.

출근길을 노린 길거리 음식점이 연신 음식들을 만들어내고 있다.

"찬, 오늘은 조금 이른 시간이네?"

"좋은 아침이다."

"안녕, 오늘 빵 정말 좋다."

음식점 사장님들이 일제히 인사를 한다.

매일 지나는 길이니 그럴 수도 있다하겠지만 개인주의가 만연해진 중국에선 드문 일이다.

물론, 내가 이들과 친한 이유는 따로 있다.

"매화빵 20개, 민물 새우튀김 1kg, 게살죽 5인분……."

들고 가기도 힘들 정도로 음식을 시킨다.

이렇게 매일 사가니 주인들이 좋아할 수밖에.

매화빵 하나를 입에 물고 먹으며 음식이 든 비닐봉지를 들고, 골목길로 들어간다.

2미터가 넘어 보이는 흙벽이 양쪽으로 있는 옛길을 따라 몇 분을 걷자 '연환문'이라 적힌 간판이 걸린 오래된 고택이 보인다.

활짝 열린 문으로 들어가자 넓지 않은 마당 너머로 사부인 장성문이 담배를 피며 어딘가를 보고 있다.

장성문은 작년에 환갑을 지냈음에도 키나 등치가 웬만한 장정 못지않았다.

"사부님, 편히 쉬셨습니까?"

"매일 뭘 그리 많이 사오느냐?"

책망하는 말투는 아니었다.

그리고 매일 아침 겪는 일이었기에 나 역시 몇 개 되지 않는 대답 중 하나를 한다.

"맛있는 냄새 때문에 지나칠 수가 있어야지요."

"녀석하곤……."

비닐봉지를 부엌으로 가져가 두 개의 상을 간단하게 차린다.

"사부님, 좀 드셔 보세요."

"네 말대로 맛있는 냄새가 나는구나."

젓가락을 드는 사부를 보고 난 다른 상을 들고 안채로 들어갔다.

ㅁ형으로 된 저택으로 사부가 있는 곳을 통과하자 수련을 하는 넓은 마당이 나왔다.

"왔느냐."

카랑카랑한 노인의 목소리가 가장 먼저 반긴다.

"사조님, 거기다 오줌 누지 마세요! 사형들이 냄새난다고 얼마나 난린데요."

"헹! 노인네 오줌은 냄새가 안 난다."

"누가 그래요?"

"응? 누가 그랬지? 분명 누가 그랬는데? 혹시 니가 그랬냐?"

치매가 있는 노인네와 무슨 얘기를 한다고.

"제가 그랬나 봐요. 아침 식사 하세요."

"오! 역시 사제뿐이야."

"네네. 어서 와서 드세요."

테이블 위에 음식을 놓자 허겁지겁 손으로 집어먹는다.

"천천히 드세요."

"응, 아빠."

사제라 했다가, 아빠라고 했다가, 순간순간 호칭이 달라진다.

치매의 무서운 점은 자신이 방금 밥을 먹었다는 걸 잊어버릴 수 있다는 것이다.

그래서 먹을 때 옆에서 지키고 있어야 했다.

"아빠, 더 줘."

"충분히 드셨어요."

"배고파. 더 줘!"

"전 이만 수련 해야겠어요. 그러니 좀 주무세요."

"배고프다고, 이 새끼야! 일을 시켰으면 밥은 줘야 할 것 아냐!"

공산당 시절, 무술을 한다는 이유로 강제노역에 동원되었던 기억이 되살아난 듯 악을 쓰며 달려든다.

목을 노리는 좌수를 시작으로 우수가 허리를 향하고, 다리가 자세를 무너뜨리려는 듯 무릎 옆으로 다가온다.

깔끔한 연환권.

타닥! 탁! 타닥!

같은 연환권으로 막아간다.

맨 처음 사조를 만났을 때, 내공을 사용하지 못해 일방적으로 얻어터졌던 것에 비하면 정말 많이 발전했다.

치매에 걸렸으면 무술도 잊어야 할 텐데 어째 사부보다 훨씬 더 물 흐르듯 공격해 온다.

내가 연환문에 들어온 이유는 방문 당시 이 노인네를 보고서였다.

기를 다루며 펼치는 연환권은 소름이 돋을 정도로 훌륭했다.

그런 고수의 풍모에 반했는데…….

하필이면 그때가 몇 달 만에 처음으로 제정신으로 돌아왔던 때라니.

"정신을 어디다 두는 거냐!"

노인네의 몸이 살짝 뒤틀리자 이상한 힘에 지금까지 잘 막고 있던 자세가 무너진다.

그때 노인장의 손이 연속적으로 온몸을 쳐댄다.

"쿠엑! 큭! 엑! 사, 사조님!"

십여 대를 맞고 바닥에 쓰러지고 나서야 사조의 손이 멈춘다.

"끌끌끌! 거의 다 왔구나. 그렇지만 여전히 살기가 가득하다. 살기로 흐름을 거스르지 마라."

"흐름을 거스르지 말라 하심은?"

"…사형, 밥 줘!"

"……."

노인네, 조금만 더 길게 정신을 차릴 것이지.

고작 한마디하고 정신을 놓다니.

그리고 살기라니, 내공도 안 쓰고 노인네라 힘도 쓰지 않았고만.

에고, 그래도 한마디씩 해주는 게 어딘가.

난 자리에서 일어나 새우튀김과 차를 타서 가져와 사조에
게 준다.

어느새 해가 떠오른다.

12장

각성

해의 기운을 받으며 연환권을 천천히 펼친다.

장씨 연환권은 소림연환권을 배운 장길환이 환속을 하고 나와 세상을 돌며 배운 심득을 합쳐 새롭게 만든 무술이었다.

소림이 문화혁명을 거치며 무술을 파는 곳이 된 반면, 장씨 연환권은 숨겨진 채 전승되어 내공을 쌓을 수 있는 기술까지 이어졌다.

물론, 내공을 쌓는 기술은 나와 같은 일반 제자에겐 전수되지 않았다.

전반 24식과 후반 24식으로 이루어진 연환권은 물 흐르는 듯한 연격이 특징이었다.

1초식에서 24초식을 연속적으로 펼치고, 24초식에서 다시 1초식까지 거꾸로 펼친다.

다시 빠르게, 느리게를 반복하면 한 세트가 끝난다.

"후우~"

삼 세트가 끝이 나자 땀으로 흠뻑 젖는다.

앉아서 잠시 숨을 돌리고 있는데 천락에서 경호원을 하는 목경형 사형이 들어온다.

"여~ 여전히 부지런하군."

"어서 오세요, 사형. 식사는 하셨어요?"

"오면서 자판에서 먹었다."

목경형은 윗옷을 벗고 준비운동을 한다.

목경형은 직장 때문에 북경에 가 있는 대사형을 제외하곤 가장 오랫동안 연환권을 배웠다.

어린 시절 몸이 약해 부모님의 손에 끌려와 배우기 시작했다고 했는데 지금의 덩치를 보면 믿을 수 없다.

"간만에 한판 할까?"

"싫은데요."

"왜, 겁나냐?"

적당히 땀을 흘린 목경형이 살살 약을 올린다.

"됐거든요."

"짜식, 쫄기는. 살살 때려주마."

그렇게 말해놓고도 인정사정없이 때리는 인간이.

"좋아요, 해봐요."

연환권을 배우기 위해 들어온 후, 사조가 처음으로 제정신을 차린 것은 내가 내공을 이용하여 수련을 할 때였다.

걷지도 못하는 놈이 날 생각부터 한다며 혼이 난 후 내공은 마사지 할 때를 제외하곤 봉인 중이었다.

그런데 아무리 내공을 봉인을 한다고 해도 시력과 싸움의 경험이 뛰어나다 보니 웬만한 사형들은 내 상대가 되지 못했다.

단, 한 사람 목경형을 제외하곤 말이다.

두 달 전에 대련했던 것이 마지막이었는데 30분 만에 온몸이 피멍이 들 정도로 맞았다.

"적당히 주물러 주마."

"이번엔 어림없을 겁니다."

자세를 잡는다.

같은 연환권이지만 사형의 연환권과 나의 연환권은 달랐다.

같은 초식이라도 노리는 곳에 따라 달라졌기 때문이다.

"한 수 부탁드리겠습니다."

"여러 수를 보여주지. 크하하핫!"

"…하압!"

더 이상 얘기해 봐야 짜증만 날 것 같았기에 먼저 공격을 시작한다.

준비 자세에서 가장 빠른 거리로 주먹을 뻗는다.

목경형 사형은 살짝 팔목을 이용해 살짝 쳐내는 것으로 방어를 한다.

난 주먹을 뻗는 단순한 공격으로, 목경형은 쳐내는 단순한 방어로 둘 사이에 연환권이 펼쳐진다.

발바닥에서 시작된 발경이 무릎, 허리를 지나 어깨에 이르렀고 일반적인 공격과는 몇 배 강한 어깨치기가 사형에게 향한다.

하지만 다리를 살짝 내딛어 접근을 막으며 허리를 이용해 상체를 살짝 돌리는 것만으로 내 공격은 허무하게 사라진다.

동시에 사형의 양 손이 허리와 어깨를 향해 날아온다.

반발자국 발을 앞으로 밀고, 팔을 비스듬히 들어 몸을 살짝 비트는 것만으로 피했고, 쇄골을 노리고 팔을 내려찍는다.

마치 합을 맞추고 하는 대련처럼 너무 자연스러운 공방이 계속된다.

'어라?'

이상한 느낌이다.

막기 힘들었던 공격도 너무 쉽게 막을 수 있었고, 사형의 틈이 조금씩 보였다.

마치 몇 수를 진행하면 어깨를 때릴 수 있을 것 같은 느낌이 들기도 했다.

'다섯 수 뒤, 어깨.'

공격부터 방어까지 머릿속에 그려진 대로 진행된다.

"윽!"

어깨를 허용한 사형은 신음을 토하며 놀란 얼굴이 된다.

그 순간 사형의 자세가 살짝 흐트러지자 무수한 빈틈들이 떠오른다. 그러나 현 상태에 대한 어리둥절함이 그 기회를 놓치게 만든다.

대련은 계속된다.

차츰 현 상황을 즐기게 된다.

원하는 빈틈을 계속 만들었지만 마지막 수는 사용하지 않는다.

"……"

처음에 웃고 있던 사형의 얼굴이 딱딱하게 굳어 있었지만 보이지 않았다.

그저 이 시간이, 이 상태가 계속되길 원했다.

꿈틀!

봉인해 뒀던 단전의 내공이 꿈틀댄다.

그리고 의식하지 않았음에도 내가 움직이는 대로 따라 움직인다.

자유다.

두 달 전만 해도 벽처럼 느껴졌던 사형이 이젠 모래성이다.

내공이 움직이자 사형 몸 전체가 빈틈으로 보인다.

그때 사형의 주먹이 명치를 향해 날아온다.

어떻게 움직여 피해야겠다고 생각하는 순간, 다리를 돌던 기운이 발바닥을 통해 뿜어진다.

연환권의 보법에 고스트의 보법이 섞인다.

사람의 움직임은 어깨만 봐도 어떻게 움직일지 예측할 수 있다.

사형도 당연 내 어깨와 미세한 근육의 움직임을 보고 예측하고 있었을 것이다.

한데 고스트의 보법과 신법에서 사용하는 기 분출을 이용하자 옆으로 돌았음에도 눈치조차 채지 못하고 두리번거린다.

"어, 어떻게?"

사형은 이젠 경악한 얼굴이다.

더 이상 대련을 포기했는지 두 손을 내리고 입만 벌리고 있다.

'더! 더! 움직이고 싶다.'

지금 이 순간이 얼마나 중요한 순간인지 스스로 알고 있었다.

가만히 서 있자 깨달음은 점차 사라져 간다.

눈물이 날 것 같았다.

만족할 만한 수준이 되어야만 천외천에 대한 공격을 멈추고 있었다.

한데 그 순간이 왔음에도 놓쳐야 한다니······.

"클클클! 비켜라, 이놈아!"

사조님!

"살기가 완전히 사라지고 왔어야 하거늘… 쯧쯧! 눈물 흘리지 말거라!"

사조의 앙상한 손이 날아온다.

'헉!'

앙상한 손에 담긴 힘과 속도에 놀란다.

그와 동시에 이미 기운과 몸이 움직였다.

파파파파팍!

사조는 사형과 수준이 달랐다.

몇 수 뒤를 생각해 움직이다 보면 그 방법은 사라져 버리고 다른 방법이 떠오른다.

사조와 시간을 잊고 몰두한다.

즐거움, 기쁨, 환희, 감격, 감동.

이 모든 단어를 합쳐도 지금 이 순간을 표현할 길이 없다.

다만 한 가지만은 확실했다.

난 조금 더 강해졌다!

*   *   *

"선배! 잠시만요! 선배~~"

약속이 있어 교내 카페로 가던 해윤은 자신을 부르는 소리에 고개를 돌린다.

환한 미소를 짓고 손을 흔들며 뛰어오는 이는 올해 들어온 신입생이다.

큰 키에 잘생긴 얼굴, 세련된 복장의 후배는 학과 여학생들 사이에 꽤나 인기가 많은 남자였다.

"한참 찾았어요. 어디 가는 길이에요?"

"카페."

"그럼 같이 가요. 제가 시원한 음료 쏠게요."

"니가 왜?"

"네?"

"됐고. 무슨 일이야?"

"아니, 그게……"

후배인 남자는 해윤을 좋아했다.

그래서 쫓아다니며 후배임을 내세워 아양도 부리고, 귀여움도 떨어보지만 해윤은 관심조차 없다.

여러 사람들과 같이 있을 땐 그나마 나은데 이렇게 둘이 있을 땐 찬바람이 쌩쌩 부는 얼굴이다.

그러나 언제까지고 짝사랑만 할 수는 없는 일이었기에 남자는 용기를 내 고백을 한다.

"저… 선배 좋아해요!"

"미안. 나 애인 있어."

단칼에 거절하는 해윤, 남자는 다시 한 번 용기를 낸다.

"있어도 상관없어요. 제 마음을 받아 줄 때까지……."

"난 너한테 관심 없어. 이만 약속이 있어서."

"서, 서……."

돌아서는 그녀의 모습에 남자는 결국 고개를 숙인다.

욱신!

남자 후배의 고백을 냉정하게 거절하고 돌아선 해윤은 갑작스런 두통에 인상을 쓴다.

요 근래 나타난 증상으로 하루에 한 번 일어나던 두통이 점점 주기가 짧아지는 것 같았다.

'병원에 가봐야겠네.'

곧 괜찮아졌기에 걸음을 옮겨 카페로 간다.

"해윤 씨!"

카페에 이르자 다시 해윤을 부르는 소리.

30대 초반의 회사원처럼 보이는 사내는 자리에 앉아 있다고 손을 흔들며 일어난다.

한데 해윤은 아까 후배 때완 다르게 웃는 얼굴로 남자의 이름을 부르며 다가간다.

"동식 오빠."

"덥죠? 뭐 마실래요?"

"아이스커피로 먹을게요."

"오케이! 잠시만 기다려요."

해윤은 고동식이 커피를 사러가자 카페를 주변의 풍경을 둘러본다.

그때 한 쌍의 커플이 눈에 띈다.

의대생인지 하얀 의사가운을 입은 여자와 다소 날카롭게 생긴 사내가 연신 웃으며 사랑을 속삭이고 있다.

'누구지?'

두 사람 다 처음 보는데 아주 익숙한 얼굴이다.

마치 오래전에 아는 사람들 같았다.

"여기요."

뭔가 떠오를 것 같은 생각은 고동식이 오자 금세 사라진다.

그저 같은 학교니 스쳐 지나며 본 얼굴이겠거니 생각했다.

"학교엔 웬일이에요?"

"하하! 마침 이 근처를 지나다 해윤 씨가 보고 싶어서 왔죠. 혹시 기분 나쁘진 않죠?"

"오빠는… 오히려 기분이 좋아요."

해윤은 자신의 질문이 잘못되었음을 깨닫곤 그의 말에 얼른 웃으며 말했다.

고동식은 정진연구소에 근무했는데 아빠인 노찬성 회장의 소개로 1년 전쯤에 만났다.

그 이후로 몇 번 만나며 정식으로 사귀게 되었지만 뜨겁지도, 차갑지도 않은 그런 만남이었다.

고동식은 회장의 금지옥엽이니 조심스러울 것이고, 해윤

또한 너무 예의를 차리는 고동식에게 더 깊이 빠져들지는 않았다.

고동식은 회사 얘기와 자신이 인터넷에서 본 재미있는 얘기를 들려준다.

그 얘길 웃으며 들어주던 해윤은 아까 커플과 자신의 커플과 비교하게 된다.

'더 노력해야겠어.'

고동식은 누가 봐도 좋은 남자였다.

자신이 가진 남성혐오증 때문임을 자책한 그녀는 고동식에게 더 잘해줘야겠다는 생각을 한다.

그래서 용기를 내 말했다.

"오빠, 휴가는 언제예요?"

"난 언제든 휴가 쓸 수 있어요. 그동안 너무 일만해서 휴가가 많이 남았거든요."

"그럼, 올여름 휴가는 제가 짜도 될까요?"

"물론이죠! 나도 사실 그 얘기하려고 왔었는데 잘 됐네요. 하하하!"

뭔가를 상상하는 듯한 고동식의 모습에 약간 이상한 마음이 들긴 했지만 기뻐하는 모습을 보니 용기를 내기 잘했다는 생각이 들었다.

"그럼, 공부 열심히 해요. 저녁에 전화할게요."

"고생해요, 오빠."

잠깐 더 여름휴가에 대해 얘기를 하던 고동식과 작별인사를 한다.

"후우~"

그가 완전히 사라지자 해윤은 자리에 들썩 주저앉으며 가볍게 한숨을 쉰다.

남성혐오증이 고동식을 만나면서 많이 사라졌다.

간혹 키스도 하고 만나면 손을 잡고 다니지만 여전히 만나고 나면 힘이 빠지는 건 어쩔 수 없었다.

잠시 쉬고 도서관에 갈 생각이던 그녀의 눈에 아까 그 커플이 여전히 싱글벙글 얘기하는 모습이 보였다.

웬지 자꾸 눈이 가는 커플이다.

너무 길게 봤음인가.

남자가 흘낏 보더니 여자에게 뭔가를 얘기했고, 여자도 고개를 돌려 해윤을 바라본다.

민망함과 미안함에 눈을 돌리려는 찰나, 살짝 웃으며 인사를 의대생 여자.

'역시 아는 사이었나?

아무리 기억하려 생각이 나지 않는 커플이다.

그럼 모른 척하고 지나가면 될 일이었는데 자신도 모르게 발걸음이 그 테이블로 향한다.

그리고 잠깐 무슨 말을 해야 할지 고민을 하다 입을 열었다.

"혹시 저 아세요?"

"정말 몰라보네?"

"오빠 가만 좀 있어."

남자가 놀랍다는 듯 말했고, 여자는 그런 남자를 나무란다.

그리곤 웃는 얼굴로 해윤에게 물었다.

"경영대학 노해윤… 씨죠?"

"네, 맞아요. 한데 우리가 아는 사이인가요?"

이상하다고 생각할 질문임에도 별다른 반응 없이 웃는 얼굴 그대로였다.

"약간요. 특별한 사이는 아니니까 기억 못했다 해도 당연한 거예요."

'역시 별 사이가 아니었어.'

실례했다 말하고 돌아서려 했다.

한데 그때 그녀의 가운에 적힌 이름이 보였다.

고우니.

욱신! 욱신!

"아아!"

이름을 머릿속에 되뇌는 순간 머리가 깨질 듯이 욱신거린다.

그래서 머리를 감싸고 주저앉았다.

"괜찮아요?"

우니가 해윤을 부축하여 의자에 앉혔다.

"오빠, 시원한 물 좀."

"응."

우니의 말에 봉구는 카페로 가 얼음물을 가져와 해윤에게 건넨다.

해윤은 컵을 받으며 남자의 얼굴을 보는 순간 하나의 이름이 생각났다.

"봉구… 오빠?"

"……."

봉구라 불리자 남자의 얼굴은 잠깐 당황한다.

"맞죠? 리봉구."

커플은 자신의 물음에 어떻게 대답해야 할지 잠시 망설인다.

그때 머리가 찢어질 것 같은 두통이 일어난다.

"아아아악!"

비명을 지른 해윤은 너무 심한 고통에 정신을 잃는다.

정신을 차렸다.

송곳으로 머리를 찌르면 아까와 같은 고통이 생길까, 정말 몸서리치도록 끔찍한 고통이었다.

"…해윤이가 너나 날 기억하지 못한다는 걸 알았어?"

"짐작했어. 1년 동안 친구였는데 갑자기 소식이 끊겼으니까."

"헐, 그런 경우도 있구나."

"뇌라는 게 밝혀진 것보다 밝혀지지 않은 게 더 많으니까."

"근데 어떻게 갑자기 기억을 해냈지? 그리고 기절은 왜 한 거고."

"아마 오빠와 날 보고 봉인해 놨던 기억이 터지며 그랬을 가능성이 높지."

아까 봤던 커플의 목소리가 두런두런 들려온다.

커플? 우니와 봉구 오빠!!

두 사람을 인식하자마자 해윤의 머릿속에 그들에 대한 기억이 쏟아져 들어온다.

'어떻게 1년 6개월 동안이나 기억을 못하다니.'

우니의 말처럼 봉인된 기억이 돌아오자 그들을 잊고 지내 왔던 1년 6개월간의 기억과 섞이며 묘한 괴리감이 만들어낸 다.

그래서 대화를 하는 두 사람을 두고 눈을 감고 생각을 정리 한다.

디오네 언니, 제시카, 1학년 때 자신의 고백을 냉정히 차버린 박무찬 등등.

지금까지 몰랐던 새로운 기억들에 놀라긴 했지만 봉인을 해야 할 만큼 특별한 기억은 없었다.

'근데, 어쩐다.'

1학년 내내 붙어 다녔던 우니, 1년 6개월간 기억에도 없었던 우니, 이 두 기억의 우니가 합쳐지자 도대체 어떻게 인사를 해야 할지 고민이 되었다.

"봉인이 풀렸다면 '그것' 도 풀린 건 아니겠지?"

"봉인이 풀렸는지 얼마만큼 기억을 되찾았는지 깨어나기 전엔 모르죠."

"에잇, 모르겠다. 그나저나 이 인간들은 전화한지 10분이 넘었는데 왜 안 와? 하여간 느려 터졌다니까."

두 사람의 말을 듣던 해윤은 '그것' 이 무엇인지 궁금해 귀를 쫑긋 세웠지만 더 이상의 얘기가 없었기에 일어나기로 했다.

"우니야, 봉구 오빠."

몸을 일으키며 두 사람을 불렀다.

둘은 기쁜 표정으로 다가온다.

"아! 일어났구나. 좀 괜찮아?"

"응. 괜찮아."

"다행이다."

"나 두 사람 기억났어. 1학년 때 아주 친했는데… 아! 물론, 지금은 아니라고 말하는 건 아니야. 그러니까… 그게 그러니까……."

"괜찮아, 해윤아. 지금 생각을 정리하려 하지 마. 굉장히 혼란스러울 거야. 천천히 두 개의 기억을 하나로 만든 후 얘기하면 돼."

"응……."

우니의 말이 맞다고 생각했다.

친한 것도 아니고, 안 친한 것도 아니고.

지금이 딱 그런 상태였다.

"아가씨!"

다행히 어색한 이 순간은 경호원들이 들어옴으로써 모면할 수 있었다.

"당장 병원으로 모시라는 회장님의 지시가 있었습니다."

당장 들쳐 업을 것처럼 수선을 떠는 경호원들.

"걸을 수 있어요."

침대에서 일어난 해윤은 밖으로 걷다가 우니와 봉구에게 말한다.

"오늘 고마웠어. 나중에 얘기해. 우니야, 봉구 오빠."

"그래, 몸조심해."

"난 다시 출장가야 해서 볼 수 있을지 모르겠다만 건강하게 지내라."

해윤은 작별인사를 하고 의대를 나와 차에 오른다.

서둘러 출발하는 차.

경호원들을 보고 또 다른 기억이 생각난다.

"…아저씨, 혹시 방금 전 본 우니와 봉구 오빠 본 적 있으세요?"

"…그, 글쎄요."

"오다가다 만난 것 같은데 잘 기억이 안 나네요."

두 경호원은 서로 얼굴을 마주보더니 잠시 후 어색하게 대답한다.

해윤은 그들이 뭔가를 숨기고 있다는 걸 알았다.

1학년 내내 붙어 다닌 우니를 이들이 모를 리가 없을 뿐더러 봉구와 대런 모습도 기억 속에 있었다.

"그렇군요."

하지만 스스로도 혼란스러운 상태였기에 모른 척하기로 넘어간다.

병원에 도착해 특실로 올라갔다.

침대에 누워 있자 1년 6개월 전 해윤이 정신적인 스트레스로 치료를 받았던 정신과 의사가 들어온다.

"노해윤 씨, 몸은 괜찮아요?"

"네."

"기절했다고 들었는데 어떤 상황이었는지 설명을 해주시겠어요?"

조곤조곤 묻는 말투, 사람을 편하게 하는 목소리, 기분 좋게 만드는 웃음.

의사를 봤던 과거의 모습과 현재의 모습이 겹쳐진다.

당시 방학동안 대학생활에 대한 스트레스로 휴양 겸 치료를 위해 병원을 입원했다고 알고 있었다.

한데 해윤은 자신이 울고 있는 모습을 본다.

미친 사람처럼 울부짖고 누군가를 그리워하는 모습을 본다.

현재의 해윤의 얼굴에 눈물이 흘러내린다.

흠칫 놀란 의사는 해윤을 자세히 바라보다 천천히 입을 열었다.

"…기억이 난 건가요?"

해윤은 대답 없이 고개를 끄덕인다.

"…지금도 누군가가 그립나요?"

끄덕!

"누군가가 기억났나요?"

절레절레.

해윤은 잃었던 마지막 기억이 떠올랐다.

눈앞의 의사가 최면을 거는 모습.

모든 것이 이해가 되는 순간이었다.

그녀는 조용히 입을 열었다.

"'그'는 누구죠?"

"…저도 모릅니다."

"아뇨. 선생님은 아세요. 저기 서 있는 경호원 아저씨도 알고요."

"……."

문 앞에 서 있던 경호원이 움찔한다.

"저만 모르고 있네요……."

과거와 마찬가지로 '그'가 미치도록 보고 싶고, 미치도록 그리웠다.

　　하지만 과거와 달리 시간이라는 약을 복용한 상태였기에 고함을 치지도 않았고, 답답하다며 자신의 가슴을 치지도 않았다.

　　그저 조용히 떠오른 기억 속의 인물을 더듬으며 '그'를 찾고자 노력한다.

　　정신과 의사가 최면으로 봉인했던 기억이 터지며 무찬이 걸어뒀던 기억의 봉인 또한 충격으로 느슨해진 상태.

　　해윤은 아무 말도 없이 침대에 누워 과거로의 여행을 떠난다.

『복수의 길』 7권에 계속…

요람 新무협 판타지 소설 FANTASTIC ORIENTAL HEROES

귀환병사

국내 최대 장르문학 사이트를 휩쓴 화제작!
여름의 더위를 깨뜨리며 차가운 북방에서 그가 온다.

『귀환병사』

열다섯 나이에 북방으로 끌려갔던 사내, 진무린
십오 년의 징집을 마치고 돌아오다.

하지만 그를 기다린 것은 고아가 된 두 여동생, 어머니의 편지였다.
그리고 주어진 기연, 삼륜공……

"잃어버린 행복을 내 손으로 되찾겠다!"

진무린의 손에 들린 **창**이 다시금 활개친다.
그의 삶은 **뜨거운 투쟁**이다!

Book Publishing CHUNGEORAM

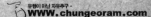

유행이 아닌 자유추구 -
WWW.chungeoram.com

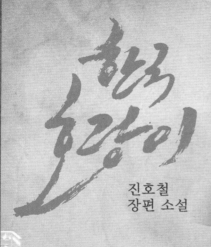

수십 년 전, 용병왕의 등장으로 생겨난
왕국과 용병의 세계.
평소엔 한없이 가볍지만 화나면 누구보다 무서운,
놀고먹고 싶은 그가 돌아왔다!

하지만 바람과는 달리 과거 그의 앙숙과 대륙의 판도는
도저히 그를 놓아주질 않는데……

"용병은 그냥, 돈 받고 칼을 빌려주는 놈들이니까."

그의 용병 철학은 단순했다.

"물론, 누구에게 빌려주느냐가 문제겠지?"

도
시
의
주
인

말리브 장편 소설
FUSION FANTASTIC STORY

말리브 작가의 신작 현대 판타지!

죽기 위해 오른 히말라야.
그러나, 죽음의 끝에 기연을 만나다!

『도시의 주인』

다시 한 번 주어진 운명.
이제까지의 과거는 없다!

소중한 이를 위해! 정의를 외친다!